KB061797

오늘 당신의 날씨는
어떠신가요?

오늘 당신의 날씨는 어떠신가요?

인생의 방향을 책 속에서 찾은 6인의 이야기

초 판 1쇄 2024년 07월 11일

지은이 김경은, 손지민, 유현숙, 이주연, 이혜정, 홍창숙
펴낸이 류종렬

펴낸곳 미다스북스
본부장 임종익
편집장 이다경, 김가영
디자인 윤가희, 임인영
책임진행 이예나, 김요섭, 안채원

등록 2001년 3월 21일 제2001-000040호
주소 서울시 마포구 양화로 133 서교타워 711호
전화 02) 322-7802~3
팩스 02) 6007-1845
블로그 http://blog.naver.com/midasbooks
전자주소 midasbooks@hanmail.net
페이스북 https://www.facebook.com/midasbooks425
인스타그램 https://www.instagram.com/midasbooks

© 김경은, 손지민, 유현숙, 이주연, 이혜정, 홍창숙, 미다스북스 2024, *Printed in Korea*.

ISBN 979-11-6910-713-6 03810

값 18,000원

🏃 **미다스북스**는 다음세대에게 필요한 지혜와 교양을 생각합니다.

오늘 당신의 날씨는
어떠신가요?

인생의
방향을
책 속에서
찾은
6인의
이야기

김경은

손지민

유현숙

이주연

이혜정

홍창숙

미다스북스

책과 함께하는 삶의 기쁨

최인자

가톨릭대학교 교육학과·교육대학원 독서교육전공 전임교수,

전 한국독서학회장, 현 한국독서치료학회장

바쁜 현대인에게 책이란 어쩌면 부담이거나 두려움의
대상일 수도 있다. 혹은 과거 학창 시절의 추억이 되어 버
렸었을 수도. 그래도 어떤 이들은 책을 곁에 두고, 함께
살아간다. 그 삶은 단단하고, 즐거우며, 힘차다. 이 책은
바로 책 읽기의 삶이 어떠한 것인지를 실감 나게 보여주
고 있다. 이 책을 쓴 저자들은 가톨릭대학교 교육대학원
동문이다. 이들은 누구보다 책을 사랑함으로써 삶을 더

즐기고 보람차게 가꾸고 있다. 책으로 자신들의 꿈과 상처, 삶의 깊은 이야기들을 나누고, 마음의 공동체를 일구었다.

책으로 잇는 마음의 공동체! 책은 모든 것들을 연결할 수 있기에 강력하다. 사람과 사람, 과거와 현재, 공간과 공간, 마음과 마음. 책은 다양한 가능 세계를 연결해 주기에 '지금, 여기'의 우리 삶은 더욱 기쁨으로 빛나게 된다. 이 책은 우리가 인생 살아갈 때, 겪을 수밖에 없는 날씨들을 연결해 준다. 쨍한 맑음, 흔들리는 바람, 흩뿌리는 비, 어두운 구름, 차가운 눈. 이러한 삶의 변덕스러운 굴곡들을 책과 더불어 이야기함으로써 저자들은 삶에서 기쁨을 일구어내고 있다. 특히, 이 책에서는 저자들이 영혼으로 만난 책을 소개하고 있다. 그 책들은 한국의 중년 여성들이면 누구나 겪을 수 있는 아픔과 기쁨을 품고 있다. 이 책을 읽으면서 독자들도 자신이 읽었던 내용과 비교하면서, 저자들과 대화해 보길 바란다. 저자를 한 번도 직접 보지 못했다 하더라도, 마음의 이웃이 되는 놀라운 경험을 하게 될 것이다.

책에는 변화무쌍한
날씨 같은 인생이 담겨 있습니다

"책은 한 권 한 권이 하나의 세계다."

– 윌리엄 워즈워스(영국의 시인)

　책에는 우리의 인생이 오롯이 담겨 있습니다. 책 속 세상은 곧 우리의 모습입니다. 우리 삶의 모양은 각양각색이며 이 시간에도 각자의 세상에서 희로애락을 느끼며 살고 있습니다. 우리는 책에서 우리의 모습을 발견합니다. 책을 읽으면서 슬픔과 고통을 느끼기도 하고, 때로는 행복을 찾기도 합니다. 우리는 독서를 통해 정화되고 치유되며, 성숙해집니다.

이렇게 늘 책과 함께하는 우리가 모였습니다. 우리는 책을 읽으며 자랐고, 지금도 누구보다도 책과 가까이 지냅니다. 그리고 좋아하는 독서가 직업이 되었습니다. 독서교육 전문가가 모여 책 속에 담긴 우리의 이야기를 세상 밖으로 꺼내 보는 작업을 했습니다.

이 책의 저자들은 김경은 선생님, 유헌숙 선생님, 손지민 선생님, 이주연 선생님, 이혜정 선생님, 홍창숙 선생님으로 총 6명의 선생님입니다. 모두 가톨릭대학교 교육대학원 독서교육전공 선후배 사이입니다. 함께 의미 있는 작업을 하고 싶었습니다. 나아가 우리끼리의 즐거움에 그치지 않고, 많은 사람과 공유하고 싶었습니다. 삶의 다양한 모습으로 공감과 위로를 전하고 독서의 즐거움을 나누고자 합니다. 그 열매가 바로 이 책입니다.

먼저, 우리 이야기를 하나로 묶어줄 도구를 날씨로 정했습니다. 예측할 수 없는 우리 인생과 변화무쌍한 날씨는 정말 많이 닮아 있었거든요. 화창한 봄날처럼 더없이 평화롭다가도 갑자기 몰아치는 폭풍우 때문에 시련을 겪기도 합니다. 살랑살랑 순풍에 돛 단 인생이 되기도 하고 소복소복 행복을 느꼈던 눈이 때로는 폭설로 재앙으로 변하기도 합니다. 날씨도 인생도 우리의 바람대로 되지 않습니다. 그런데도 우리는 오늘도 살아가고 내일도 살아갈 것입니다.

이 책에서 인생의 모습을 맑음, 바람, 비, 구름, 눈의 다섯 가지 날씨로 나누었습니다. 각 날씨에 따라 감정을 표현하고, 그에 어울리는 책을 소개했습니다. 그림책, 에세이, 고전 소설, 현대 소설 등 다양한 장르의 책이 들어갔습니다. 책 소개와 함께 책을 읽으면서 떠오르는 경험을 담았습니다. 부모님이나 자식, 형제자매 등 가족 이야기, 탄생과 죽음, 기쁨과 시련 등 여러 일상 경험을 썼습니다. 우리의 진솔한 이야기를 통해 독자에게 더욱 가까이 다가가고자 했습니다.

글을 쓰는 동안 우리는 매우 행복했습니다. 첫사랑의 만남처럼 설레며 서로의 글을 기다렸습니다. 글을 읽으면서 서로에 대해 점점 알게 되었고, 친밀감을 느꼈습니다. 또한, 글을 쓰면서 과거의 나와 새로운 나를 만났으며, 인생을 돌아보는 소중한 시간이 되었습니다. 내 이야기를 쓰면서 내면의 치유가 되기도 했습니다. 우리는 글이 주는 힘을 풍성하게 경험하였습니다.

6명의 저자는 30대부터 50대까지 나이도 다르고 살아온 모습도 다릅니다. 하지만 여자이자, 딸이고, 엄마이며, 또 아내이기도 한 공통점이 있습니다. 우리가 그랬듯이 이 책을 읽는 독자는 우리의 이야기에 공감하며 위로를 받는 시간이 될 것이라 믿습니다. 독자들이 자신의 인생을 돌아보고 각자의 삶에서 경험한 날씨 같은 순간들을 책과 함께 다시 한번 느껴보기를 바랍니다.

지금 내가 겪고 있는 시련이 나만 겪는 외로운 싸움이 아닙니다. 누군가가 이미 겪었고, 지금 한없이 평안해 보이는 누군가에게 곧 닥칠 수도 있습니다. 자세히 들여다보면 우리의 모습은 별다르지 않습니다.

따뜻한 위로 여행에 여러분을 초대합니다. 책 속에 담긴 날씨같이 변화무쌍한 인생 이야기를 만나 보세요. 우리의 이야기에 여러분의 모습을 발견할 것입니다. 이 여행이 끝나면 이것만은 꼭 기억하셨으면 좋겠습니다. 지금 어떤 날씨에 있듯 여러분은 혼자가 아니라는 사실입니다.

2024년 뜨거운 햇살이 가득한 여름에
홍창숙

목차

Chapter 1. 맑은 날의 기쁨

Chapter 2. 바람이 전해 준 이야기

Chapter 3. 비가 내리던 어느 날

Chapter 4. 구름 낀 하늘 아래의 사색

Chapter 5. 눈이 내리면 알게 되는 것들

Chapter 1.

맑은 날의 기쁨

인생은 지금이라니까

김경은

수요일을 지나 목요일 아침이면 남편은 늘 나에게 묻는다.

"여보 이번 주말에 약속 있어?"

"우리 뭐 할까?"

"어디 갈까?"

내 답을 듣기도 전에 질문이 쏟아진다.

남편은 성격이 외향적이라 등산, 수영, 자전거, 캠핑, 작년 여름부터는 서핑까지. 정말 활동적인 것을 좋아한다. 그래서 늘 주말이면 집을 떠나 밖으로 나간다. 이런 남편이 제일 힘들었을 때가 코로나 시기였다. 주말에도 바깥 활동이 자유롭지 못해 집에만 있으니 축 늘어진 버드나무 같았다. 가끔 혼자 훌쩍 산에 다녀오기는 했지만, 그것도 가족들에게 피해를 줄까 봐 쉽지 않았다. 그러던 어느 날 저녁 텔레비전을 보던 남편이 벌떡 일어나 성큼성큼 베란다로 가서 창문을 열더니 "나가고 싶다~"라고 창밖을 향해 고래고래 소리를 지르는 것이다. 그 모습이 우습기도 하고 얼마나 나가고 싶으면 저럴까 하는 마음에 애잔하기도 했다. 좋은 사람들과 술 한 잔 기울이며, 사랑하는 가족들과 맛있는 밥을 먹으며 행복해하던 사람이 긴 시간 동안 감금 생활을 하기란 쉽지 않았다.

목요일 아침.

"여보 이번 주말에 약속 있어? 우리 뭐 할까? 어디 갈까?"

이번 주도 여지없이 물어온다.

"안 돼, 토요일에 책 모임 있고, 일요일에는 약속 있어."

라고 대답하니

남편은 실망한 기색이 역력하다.

"지난주도 안 되고, 이번 주도 안 되면 나랑은 언제 노냐?"

어린아이의 투정 섞인 말투에 이어 "그럼, 다음 주는 시간 돼?"라고 묻는다.

나는 알겠다고, 다음 주는 시간을 내보겠다고 성급히 일단락 마무리 짓는다. 남편은 하는 일이 자유로워서 우리는 아침, 점심밥까지 같이 먹으며 자주 함께한다. 그런데 주말까지 함께하려고 하는 남편이 이해하기 힘들다.

어느 토요일 새벽, 시계는 이제 막 5시를 넘기고 있었다. 옆에 있던 남편이 눈을 뜨더니 가까운 곳으로 산책하러 가자고 하길래 주섬주섬 옷을 입고 따라나섰다. 그렇게 간 곳은 수리산 슬기봉. 군포 중앙도서관 갓길에 차를 주차하고, 손에 생수병 하나 들고 산을 오르기 시작했다. 청명한 가을 산은 온통 붉은 단풍으로 물들어 가고 있었고, 산 중턱에서 내려다보는 풍경은 마음을 평화롭게 해주었다. 하지만 그것도 잠시 우리는 빈속에 두 시간 가까이 산을 오르고 있었다. 빈 뱃속에서 밥 달라고 요동치는 소리는 누가 들을까 부끄러울 정도였다. '내가 또 속았구나.' 하는 생각이 들었다. 산을 다 내려와 산림욕장으로 가는 길 초입에는 황톳길이 있었다. 우리 둘은 양말을 벗고 맨발로 황톳길을 손잡고 걸었다. 촉촉한 황토가 발가락 사이를 끼어들어 온몸으로 땅 힘을 맛볼 수 있게 해주었다. 몇 번을 왔다 갔다 하다가 어느새 우리는 어린아이처럼 신나게 뛰어다니고 있었다. 그러기를 한참 만에 발을 씻고 다시 차를 탔다. 시내를 돌아 식당을 찾았다. 뱃속도 더는 못 기다리겠는지 속이 쓰려왔다. 가까운 곳의 코다리찜 가게 문을 박차고 들어갔다. 지금 먹는 밥이 아침인지, 점심인지는 모르겠으나 우리 두 사람은 아무 말 없이 게걸스럽게 먹기 바빴다. 그리고 집에 돌아와 꿀 같은 오후 휴식을 취했다.

남편은 늘 이렇게 즉흥적이다. '동네 산책하러 가자.'라고 일어서면 이때다 싶은지 정말 온 동네 곳곳을 데리고 간다. 우리 동네에 이런 곳이 있었나 싶을 정도로 작은 골목에 있는 세탁소, 빵집, 전파사, 치킨집, 편의점 등을 지나쳐 간다. 다리가 아파 동네 작은 카페에 들러 커피를 마셨다. 얼마나 걸었나 싶어 휴대전화를 보면 그 숫자는 만보를 훌쩍 넘어서고 있다. 또 같이 산에 가고 싶다고 해서 따라나서면 정상을 꼭 찍고 봉우리 2~3개를 넘어서야 내려온다. 날씨가 너무 좋아 같이 개천 길을 걷고 싶다고 해서 따라나서면 안양천 길을 따라 하염없이 걷다가 돌아오는 길은 버스를 갈아타고 와야 할 만큼 멀리 가버린다. 그럼 나는 휴일이 고된 훈련이 되어 몸은 기진맥진이다. 이렇게 무엇인가를 하면 끝을 봐야 하는 성격을 맞추기란 쉽지 않다. 좋은 것을 같이 보고 느꼈으면 하는 마음으로 함께하고자 시작해도 남편은 그것을 너무 질리게 만들어버린다. 다시는 하고 싶지 않게 말이다.

우리는 인천 강화도를 자주 찾는다. 집에서 1시간 남짓 거리의 강화에는 남편이 좋아하는 산도 있고, 바다도 있고, 맛집도, 놀거리도 많다. 그리고 내가 좋아하는 바다가 보이는 예쁜 카페도 많다. 그런 곳에 남편은 늘 나와 함께

하길 원한다. 반면 나는 주말에는 쉬면서 늦잠도 자고, 과제도 하고, 수업 준비도 해야 해서 바깥에 나갈 시간이나 기운이 없을 때가 많다. 서로 시간이 맞지 않을 때도 있었지만, 일방적인 강요처럼 느껴져 다투기도 많이 했다. 그러다가 드디어 둘이 합의점을 찾았다. 서로 좋아하는 것을 하나씩 들어주기로. 특히 산을 좋아하는 남편에게 내가 추천하는 책을 한 권 읽으면 남편이 원하는 산을 내가 같이 가기로 했다. 산의 높이는 책의 페이지 수만큼으로 정하기로 했다. 얌전히 앉아 책 읽는 것을 힘들어하는 남편은 지금 내 옆에서 『나를 돌보는 묵상 독서』라는 312쪽짜리 책을 다소곳이 앉아 열심히 읽고 있다. 다음 달 나와 기필코 산행하겠다고.

그림책 『인생은 지금』을 보면서 남편의 마음이 이해되었다. 그림책의 글은 할아버지와 할머니의 문답으로 구성된다. 오랜 시간 직장을 다니다 은퇴한 할아버지는 할머니에게 여행, 외국어, 악기, 밤낚시를 함께 하자고 권한다. 요리를 배워 볼까 물어보기도 하고, 종일 풀밭에 누워 구름을 보자고 말하기도 한다. 하지만 할머니는 이런저런 이유로 할아버지의 제안을 "내일. 오늘은 청소 마저 하고."라며 미루기만 한다. 결국 할아버지는 할머니를 와락 끌어안으며

> "왜 자꾸 내일이래? 인생은 오늘이야. 다 놔주고 가자."
> (중략)
> "몰라, 그냥 숨이 찰 때까지 달려서 강물에 뛰어들자. 그리고 소리칠 거야. 당신을 사랑한다고."
>
> — 『인생은 지금』, 다비드 칼리, 오후의소묘

　이런 할아버지의 모습에서 애틋함을 넘어 절실함이 느껴졌다. 우리 남편이 '나랑 함께하고자 하는 마음이 이랬구나.' 하는 생각에 미안함과 고마움이 파도처럼 밀려왔다. 남편은 맛있는 걸 먹을 때, 예쁘고, 아름다운 곳을 볼 때면 나와 함께 와야지 하고 생각한단다. 그래서 우리가 휴일 새벽 눈곱만 떼고도 어디든 떠날 수 있었던 이유이기도 하다.

책 마지막 장면에 "인생은 지금이라니까."라는 글과 함께 노부부는 파란 나무 사잇길을 달린다. 더 재미있는 것은 할머니가 할아버지를 오토바이 뒤에 태우고 함박웃음을 지으며 신나게 달린다. 함께 살아온 수많은 이야기 속에서 이제는 할아버지의 진심을 가슴으로 느끼는 할머니의 모습이 보인다. 얼마나 신났는지 한 손으로는 오토바이 핸들은 잡고 다른 한 손으로는 바람을 타고 있는 모자가 날아갈까 봐 꽉 붙잡은 채 끝없이 달린다. 어디로 갈까? 아니 어디든 상관없을 것이다. 당신과 함께라면….

『인생은 지금』 다비드 칼리 글, 세실리아 페리 그림, 오후의소묘, 2021

삶의 방향키를 맑음으로

손지민

누군가 '인생은 무엇인가요?'라고 묻는다면, 양귀자의
소설 『모순』의 주인공 안진진이 했던 말이 떠오를 것이다.

"지금부터라도 나는 내 생을 유심히 관찰하면서 살아갈
것이다. 되어가는 대로 놓아두지 않고 적절한 순간, 내 삶
의 방향키를 과감하게 돌릴 것이다."

- 『모순』, 양귀자, 쓰다

세상에는 내가 이해할 수 없는 영역과 쉽게 수긍되지

않은 채 걸어가는 길이 훨씬 많다. 행복과 불행, 삶과 죽음, 정신과 육체, 풍요와 빈곤 등의 연결된 모순으로 짜여 있는 인생에서 우리가 할 수 있는 것은 무엇일까. 삶이 원하지 않는 대로 흐르는 것을 어쩌지 못할지라도, 되어가는 대로 놓아두고 기다리기보다는 원하는 방향으로 있는 힘을 다해 방향키를 돌리는 것. 그렇게 삶의 방향키를 돌린 결과가 언제나 옳거나 원하는 방향이 아니더라도 주체가 나였던 선택에는 후회가 남지 않는다. 그렇게 나의 선택을 책임지며 살아내는 게 삶이 아니겠냐고 누군가의 질문에 답을 찾은 소설이다.

내 인생이 언제나 맑음이라고 생각하던 명랑한 철부지 시절이 있었다. 늘 즐겁고 행복한 사람이 되려 하고 누군가에게 매일 미소 지어주는 사람이 되어줄 수 있다고 믿었다. 맑고 화창한 날씨 속에서만 내가 원하는 길 따라 걸어가려 하던 시절의 지난 내 모습이 떠오른다. 유년기의 환상에서 벗어나지 못한 채 흐림은 가리고 맑음만을 좇아가고 싶었던 그때. 그늘진 어느 날에야 인생이 내 뜻대로 되지 않음에 멈춰 서서 눈물범벅이 될 수밖에 없었다. 옳고 그름으로 팽팽하게 정해진 기준을 지키고 살았던 그 시절의 내게 안진진은 말해준다. 우리가 살아가는 세상은 옳거나 나쁜 것만 있는 게 아니라고, 옳거나 나쁨의 이면들이 우리에게는 더 의미 있는 거라고. 맑은 날씨만이 가득한 인생이 좋은 거라고 믿을수록 조금의 흐림이나 빗방울에도 견디기가 어려워서 무너질 수 있음을 이제 조금은 안다. 이제는 아무 때나 침범하는 당연함을 내려놓으면 놓을수록 자유로워짐을 느끼기에 유연함으로 무장해 본다.

25살의 주인공 안진진에게는 술주정뱅이 아버지와 시장에서 장사하는 어머니, 조폭 보스를 꿈꾸는 동생이 있다. 반면 어머니의 쌍둥이 동생인 이모는 풍족하고 행복한 모습으로 그려져 있다. 아버지와 동생의 사건들로 분주한 어머니와 달리 이모의 삶은 단조롭다. 모두에게 불행으로 비췄던 어머니의 삶이 이모에게는 행복으로 보이는 모순.

단조로운 삶은 단조로운 행복만을 가져온다는 것을 증

명이라도 하듯 언제나 풍요롭고 행복해 보이던 이모는 단조로운 매일의 맑음에 지쳐 극단적 선택을 한다. 이모는 무엇을 견딜 수 없었던 것일까. 이모의 풍요로운 삶의 이면에는 결핍의 부재, 외로움과 고독이 공존했을 것이다. 너무 계획적으로만 움직이는 심심한 남편과 유학 중인 자녀들 속에서 공허함을 채울 수 없었다. 안진진의 이모에게 가장 필요한 것은 과연 무엇이었을까?

안진진의 이모를 보면서 나의 이모가 떠올랐다. 초등학교 방학이면 동생과 나는 이모 집에서 몇 밤을 자고 왔다. 지금 생각해 보면 이모는 조카들의 방학 동안에라도 치매에 걸리신 할머니를 돌보는 언니의 고단함을 조금이나마 덜어주고 싶었을 것이다. 넓은 아파트에 살던 이모는 우리가 가면 새 옷, 인형, 놀이동산, 맛있는 식사를 준비해 주셨다. 집으로 돌아가는 길에 멀미약과 한 아름 간식까지 안겨줄 만큼 이모는 우리를 따듯하게 사랑했다. 그런 기억 반대편에는 엄격함과 왠지 모를 적막함이 이모네서 느껴졌다. 그래서인지 어느 방학 때부터는 공주님처럼 지내면서도 시끌벅적한 우리 집으로 빨리 가고 싶었다. 술한 잔 드시고 기분 좋게 콧노래를 부르며 양손 가득 빵이나 과자 봉지를 안고 들어오시는 정겨운 아빠와 엄마 냄새가 그리웠다. 내일은 집에 가자고 동생을 달래 보기도하고, 자면서 혼자 몰래 울었던 기억의 공존. 그때 찍은사진 속의 동생과 나는 해맑게 웃고 있으면서도 슬픔의한 조각으로 함께 기억되는 것도 모순일지 모르겠다.

안진진의 이모를 보면서 삶의 이면을 새롭게 볼 수 있었다. 어쩌면 이모보다는 경제적으로나 육체적으로 고단한 모습이었지만, 엄마의 삶 속에서 경험하는 다양한 감정의 풍요로움이 엄마의 또 다른 면을 채워주고 있었다는것을. 그런 이면이 우리 셋을 키울 수 있는 엄마 삶의 원동력이 되었던 것이다. 우리가 삶에서 경험하는 나날들에서 설령 좋지 않다고 생각되는 상황들도 삶을 이끄는 원동력이 되고 있다는 것을 우리는 놓치며 살고 있을지 모른다. 지나간 불행의 시선에 매몰되어서 자신을 스스로괴롭히고 있지는 않은지. 결국 살아가는 하루의 날씨는어떤 종류의 불행과 행복을 선택하여 바라볼 것이냐에 따라 세상은 변할 수 있다. 나의 세상을 변하게 하는 정답은 하나다. 삶의 이면을 다른 시선으로 바라보는 것이다.

안진진은 '내게 없었던 것'을 선택한다고 말한다. 삶의 비밀을 보편적인 길에서 찾겠다고 결혼을 결심한 그녀에게는 두 명의 남자가 있었다. 계획적인 남자 나영규와 늘 희미한 선 같은 김장우였다. 그녀는 나영규 앞에서는 솔직하고 김장우 앞에서는 있는 그대로의 현실을 보여주지 못한다. 감정 앞에서 혼돈을 되풀이하다가 김장우가 사랑인지 알 수 있는 단서를 발견한다. 사랑이라면 '있는 그대로의 나'를 숨기고 '보이고 싶은 나'로 자신을 스스로 향상하기 위해 노력하며 시작되는 거라고, 사랑은 나를 미화시키고 왜곡시키는 것이라고. 솔직함을 극약으로 생각하며 김장우에 대한 마음을 사랑이라고 확신한다. 이 사랑의 단서에 동의할 수 있을까? 보이고 싶은 모습으로 나를 미화시키는 것이 사랑이라면, 나를 왜곡시키지 않고 본연의 모습을 보여주고 수용해 주길 바라는 것은 사랑이 아닐까. 나는 어떤 사랑을 하고 있을지 멈추고 바라보게 된다.

이모의 죽음을 겪은 후 안진진의 선택은 모순이었다. 두 남자 사이에서 사랑이라고 확신했던 김장우가 아닌 나영규와의 결혼을 선택한다. 함께하는 결혼 생활이 단조로운 날들일 거라고 예상 못 하지 않았을 텐데. 그럼에도 스스럼없이 누추함을 보일 수 있는 나영규와의 결혼을 나는 응원한다. 풍요롭고 안정된 삶의 이면을 채워나갈 힘이 안진진에게는 있을 테니까. 수많은 경험에서 얻은 자양분의 힘을 꺼내서 포기하지 않을 것이다.

> "삶의 어떤 교훈도 내 속에서 체험된 후가 아니면 절대 마음으로 들을 수 없다. 뜨거운 줄 알면서도 뜨거운 불 앞으로 다가가는 이 모순, 이 모순 때문에 내 삶은 발전할 것이다."
>
> — 『모순』, 양귀자, 쓰다

마지막 말이 오래도록 기억에 남는다. 비가 오고 갠 후의 화창함은 언제나 맑은 날의 화창함보다 더 빛난다는 것을. 행복과 불행의 분량이 필수적인 것처럼, 삶의 많은 경험 속에서 만나는 어떤 모습도 성장의 밑거름임을 온 마음에 새겨 놓는다. 삶이 언제나 맑은 날씨만 예보할 수도 없고 언제나 맑은 날은 재미없을 테니까. 삶의 모든 경험은 충분히 그 자체로 의미 있다.

안진진의 그다음 이야기는 어떻게 될까. 어머니의 삶을 살까, 이모의 삶을 살게 될까. 그 둘이 아닌 그녀만의 이야기를 만들어 갔으면 하고 바라본다. 문득 지나간 수많은 갈림길 중에서 아쉽고 안타깝다고 생각한 기억 곁에는 무엇이 있을지 궁금하다. 그 순간을 누군가와 함께 웃고 울던 무지갯빛 위로의 시간이 곁에 떠올라서 지난날의 거듭하던 실수나 후회를 붙잡지 않게 된다. 인생은 살아가면서 탐구하는 것이고 실수가 되풀이되는 게 인생이니까. 최선으로 방향키를 돌려 충실하게 살았다고 스스로를 안아주며 책을 덮는다.

지금, 오늘을 살고 있는 내가 존재하고 있으니까. 맑은 날에는 마음껏 기뻐할 수 있고, 우르르 쾅쾅 천둥 번개에서도 이제는 두려움 없이 맑음을 향해 방향키를 돌릴 힘이 생겼으니까. 아마 안진진도 비바람 속 태풍이 와도 방향키를 잘 잡아 삶의 방향을 맑음으로 다시 돌릴 것이다. 내가 그래왔듯이. 삶의 어떤 날씨에도 방향키를 잡고 외쳐본다. 다시 맑음으로!

『모순』 양귀자 글, 쓰다, 2013

나의 사랑, 나의 스페인

유현숙

작년은 여러모로 의미 있는 해였다. 수녀님 언니의 은 경축(종신서원을 받은 지 25년이 됨)의 해였고, 나도 만학 도로서 뒤늦게 대학원 졸업을 하였다. 대학 졸업한 지 꼭 30년 되는 해에 말이다. 25년, 수련기까지 합치면 거의 30년을 수도원에서 산 언니. 청춘을 달리 보낸 언니와 내 가 생애 처음으로 함께 해외여행을 떠났다. 바로 일 년 내 내 태양으로 맑을 것 같은 스페인으로!

언니는 내게 특별한 사람이다. 단지 신분이 수녀라서가

아니라 지금의 내 인생을 만들어 준 것이나 다름없는 사람이므로. 인생의 중요한 순간, 내 곁엔 언니가 있었다. 내 인생의 변곡점에서 망설이거나 낙심할 때 언제나 힘이 되어주고, 나의 무릎을 일으켜 세워준 언니. 어린 시절, 셋째였던 언니는 막내이자 유일한 동생인 나를 항상 데리고 다녔다. 본인도 어린아이였음에도 싫은 기색은 찾아볼 수 없었다. 나이 차가 많은 나를 언니는 예쁘게 단장시켜서 보란 듯이 자랑스럽게 데리고 다녔다.

국민학교에 입학한 후 아무것도 모르는 1학년일 때, 오후반이었던 내가 학교 운동장에 줄 서 있으면, 오전반이었던 언니는 어느새 다가와 언니가 받은 곰보빵과 우유를 주고 가곤 했다. 그런 언니 덕분에 나는 외로움을 모르고 자랐는지도 모른다. 그래서였을까. 언니가 수도원에 들어갔을 때, 언니의 선택이 놀랍고 당혹스러웠다. 무엇보다 언니의 빈자리가, 그 공허함이 나를 너무 힘들게 했다. 하지만 언니는 나를 버려두지 않았다. 힘든 날이면 언제나 곁에서 나를 토닥여 주고 격려해 주었다. 언니의 손길은 설레고 안심되던 어린 날의 곰보빵과 우유 같았다. 마흔의 코앞에서 불면의 밤을 보낼 때도, 엄마를 하늘로 보내 드리고 허한 마음으로 책방 문을 열 때도 언니는 내 곁에 있었다. 코로나 위기로 책방이 잠시 문을 닫았을 때 대학원을 권한 것도 언니였다. 그렇게 나를 돌보듯 사회적 약자들과 함께하고 돌보는 언니를 나는 존경하고 사랑한다.

그런 언니와 수도 생활 중 일생에 한 번 허락한다는 가족여행을 함께한다는 것은 축복이요, 거부할 수 없는 선택이기도 했다. 마드리드의 프라도 미술관을 시작으로 발렌시아, 그라나다, 세비야를 거쳐 톨레도, 몬세라트, 바르셀로나까지.

스페인은 대표적인 가톨릭 국가여서인지 대부분이 섬세하고 화려한 대성당을 중심으로 여행이 진행되었다. 의도치 않아도 저절로 성지순례가 되는 과정이었다. 개인적으로는 기독교 문화와 더불어 아랍 문화를 경험할 수 있는 알람브라 궁전의 이국적이고 묘한 아름다움과 스페인 광장의 생기와 독특함도 눈이 부셨지만, 무엇보다 마지막으로 방문한 몬세라트 수도원의 경건한 자태와 건축가 가

우디의 사그라다 파밀리아 성당의 웅장하면서 따뜻한 모습은 경이롭기까지 했다. 스테인드글라스로 새겨진, 김대건 신부님을 상징하는 'KIM'이라는 색 유리창도 보게 되니 마음이 울컥하기도 했다. 2025년이면 천 년이 된다는 수도원과 무려 2세기에 걸쳐 만들어지고 있는 성당의 모습은 스페인의 국민성과 문화 의식을 부럽게 만들었다. 빨리 만들고 빨리 허무는 우리의 모습이 반추되어 부끄럽고 부러웠다. 우리는 언제쯤 그럴 수 있을까. 우리도 과거에는 그러지 않았을 텐데…. 빠른 경제적 성장으로 OECD 국가 중 하나로 성장했지만, 우리의 정신문화도 그러한지 돌아보게 되었다.

니코스 카잔차키스의 『스페인 기행』은 여행을 다녀와서 읽은 스페인 기행문이다. 일반적인 기행문과는 다르게 작가의 생각과 철학이 오롯이 담겨 있는 가볍지 않은 책이었다. 그리스 작가가 쓴 스페인 기행문이 스페인에서는 금서였고, 아직도 스페인어로 출간되지 않았다는 역설은 니코스 카잔차키스의 일생만큼 아이러니하다.

아름다웠던, 아름답다는 말로밖에 표현할 수 없던 스페인 여행 이후에, 오히려 스페인 내전 등 우리 못지않게 아팠던 역사를 알게 되니 더 사랑할 수밖에 없게 되었다.

"이 세상을 돌아다니는 것, 그것은 새로운 땅과 바다들, 새로운 사람들과 사상들을 보는 것이다. 그러나 그것들을 마음껏 음미할 수는 없다. 모든 것을 처음이자 마지막인 것처럼 오랫동안 머뭇거리며 바라보기 때문이다."

– 『스페인기행』, 니코스 카잔차키스, 열린책들

여행을 통하여 우리는 우리 자신을 알게 되고, 비정상적으로 자만한 자아를 넘어설 수 있다고 말하는 니코스 카잔차키스의 의견에 전적으로 동의한다. '여행을 기록한다는 것은 오만한 자아를 인간이라는 고통받는 편력 군대 속으로 던져 담금질하여 부드럽게 만드는 것'이라는 통찰에 그저 공감할밖에.

"나는 아무것도 바라지 않는다. 나는 아무것도 두려워하지 않는다. 나는 자유다."

"Den elpizo tipota. Den forumai tipota. Eimai eleftheros."

니코스 카잔차키스의 묘비명에 쓰여 있다는 문장이다. 『그리스인 조르바』를 읽은 사람이라면 그답다고 느꼈을 것이다. 나도 그럴 수 있을까? 사랑하는 언니의 응원과 함께라면 할 수 있을지도.

『스페인 기행』, 니코스 카잔차키스 글, 송병선 옮김, 열린책들, 2008

내게 주어진 가장 화사한 시간

이주연

이 책을 처음 만난 건 20대 초, 길가에 작게 웅크린 '공씨 책방'에서였다. 책을 구매한 이날도 합정과 홍대를 지나 신촌까지 정처 없이 걸었던 기억이 생생하다. 이 시기 내가 좋아했던 거리는 신촌에서 홍대로 넘어오던 낮은 언덕이 있던 곳이었다. 북적거리는 신촌과 홍대 그 사이, 창천동 거리는 별다른 볼거리가 있는 곳은 아니었지만 난 그 점이 썩 마음에 들었다. 길을 걷다 아예 터를 이곳으로 잡았다. 그곳에서 살기로 한 것이다. 신촌, 홍대 두 곳 다 버스로는 딱 한 정거장 거리였던 내 자취방은 여기도 저

기도 아닌 중간 지점에서의 애매한 매력을 가지고 있었다. 그 애매한 매력이라는 것은 부지런히 걸어 다닐 수 있는 위치로 적절하다는 이상한 이유에서 나왔다.

책 『느리게 걷는 즐거움』은 다비드 르 브르통이 『걷기 예찬』 이후 10년 만에 내놓은 작품이다. 여느 때와 다름없이 신촌 거리를 한참 걷고 걸었던 날이었다. 날마다 내가 걷던 산책로는 달랐지만, 충정로 사거리에서 동교동 삼거리로 넘어오는 여정의 마지막 정거장은 언제나 헌책방에 들리는 것이었다. 유유자적 서가를 둘러보던 와중에 '걷는'이 눈에 걸렸다. 걷기에 관해 내가 알고 있는 책은 주로 장수의 비결이라던가, 바르게 걷는 법 정도의 글이 전부였다. 그런데 이 책은 표지부터 어딘가 낭만적인 것이 보편적인 걷기책과는 어딘가 어울리지 않는 의상을 입은 것만 같았다. 생활 건강 코너에 있어야 할 책이 인문학 서적으로 자리하고 있다니 내 상식을 뛰어넘는 의아한 것임에 충분했다. 산책하는 시간엔 서점에 들러 책을 고르는 시간까지 포함되어 있으니 아예 각을 잡고 책을 펼쳐보기로 했다.

작가가 걷기에 대해 찬사를 쏟아낸 지는 오랜 시간 동안 여전했음을 알 수 있었다. 일종의 종교와 같이 걷기 행위에 대한 어떤 확고한 믿음이 느껴졌다. 무엇보다 '걷기'를 주제로 글을 200쪽 넘게 쓴 사람은 대체 어떤 체험을 하는지 지독하게 알고 싶어졌다. 한창 자발적 뚜벅이를 자처했던 나는 "걷기는 가장 우아하게 시간을 잊는 법이다." 책날개를 보자마자 결심했다. 산책이 끝난 후 아이스크림을 사 먹으려 준비해 두었던 쌈짓돈을 꺼내기로 말이다. 사장님께 꼬깃꼬깃 접어둔 지폐 몇 장을 책값으로 지불했다. 그날부로 내게 긴 걷기 여정이 펼쳐질 날에는 꼭 이 책을 챙겨 나섰다. 벤치에 앉아 다리를 풀고, 호흡을 고를 때면 서점에서 만난 우연처럼 아무렇게나 페이지를 펼쳤다. 그렇게 제법 오래도록 걷는 기쁨을 아는 그와 남몰래 교감했다.

　이 시절 나는 틈만 나면 걷고 싶었다. 하루 만 보 가까이 걸어 다니는 것은 일상이었다. 실은 유유자적하게 걷기를 할 만큼 결코 내 삶은 낭만적이지 않았다. 갓 대학을 졸업하고 직장에 적응이 어려워 방황했었다. 9평 남짓한 원룸은 내 고민과 우수로 가득 찼고 그곳에서 내가 얼마나 무가치한지에 대해 시시때때로 읊조릴 뿐이었다. 그때 나를 다시 움직이게 해주었던 원동력이 바로 '걷기'였다. 어느 것 하나 내 마음처럼 되지 않는 날들 속에서 오직 걷는 행위만큼은 원하는 대로 가능했기에 그 시간이 제법 마음에 들었다. 내가 가는 길이 목적지가 되는, 방향도 속도도 오직 나만이 조절할 수 있는 걷기는 당시 내 삶에서 유일하게 내가 통제할 수 있는 명확한 시간이었다.

한낮의 쏟아지는 햇볕과 맑은 날씨를 좋아하게 된 이유도 걷기 덕분이다. 오랜 시간 걸을 때는 무엇보다 몸이 가벼워야 한다. 두 손이 자유로울 수 있도록 최대한 짐도 간소하게 챙기고 옷차림도 간편하게 하려 한다. 신체가 속박되지 않은 보행자의 발걸음은 명쾌하기 때문이다. 최소한의 조건을 갖춘 뒤에야 내가 걸은 발걸음 수만큼 온몸의 감각이 열리며 세상을 풍부하게 받아들일 수 있다. 감각을 통해 느껴지는 땅과 하늘, 꽃과 나무, 언덕, 산, 공기의 에너지는 금세 근심을 지우고 오로지 지금, 이 순간만을 충실히 살 수 있게 한다. 세상의 기운을 받아들임으로써 자연을 충분히 누릴 수 있다. 그들이 내게 주는 무한함을 느낀다는 것은 무언가 잔뜩 소유한 물질적 삶과는 차원이 다른 자유로움을 선사해 준다.

걸으며 마주하는 풍경은 마치 내가 자연으로 회귀하는 듯한 느낌이 들게 한다. 이때 나는 누구보다 투명하고 순수해진다. 갑자기 섬광과 같이 강렬하고도 재빠른 빛이 내게 찾아오기도 한다. 일종의 신의 계시라고 여겨지는 이 메시지는 바로 내가 해야 하는 것들을 그리게 만든다. 반면 내가 당장에 멈춰야 하는 것들, 떠나보내야 하는 존재들을 비춘다. 가장 내밀하여 나조차도 인식하기 어려운 내 마음을 알아차리게 만드는 것이다. 그저 걸었을 뿐인데 걸으며 명상하는 이 시간이 특별하게 느껴졌다. 자기 내면의 소리를 들을 수 있다는 것은 아무에게나 찾아오지 않지만 아이러니하게도 누구나 경험할 수 있을 정도로 손쉽다. 지금 당장 '걷기'만 하면 된다. 천천히, 느릿느릿하게.

책 『느리게 걷는 즐거움』에서 '모든 보행자는 자기 내면의 신과 함께 길을 걷는다.'라고 했다. 나는 그 구절이 꽤 마음에 들었다. 걷기를 통해 내 안의 목소리에 집중하여 혼란의 시기를 버텼던 내 20대는 그렇게 지나갔다. 그리고 어느덧 가정을 이룬 30대가 되었다. 그사이 참 많은 것이 바뀌었으나 내게 걷기만큼은 결코 내려놓을 수 없는 것이었다. 서른 중반에 들어선 나는 여전히 길을 나선다. 다만 예전보다 더 맑은 날을 오매불망 기다리는데 그 이유는 갓 걸음마를 뗀 딸아이의 손을 꼭 잡고 나서야 하기 때문이다. 걷는다는 것 자체가 효율과는 거리가 먼 행위라지만 아이와의 산책은 더욱 그러하다. 같은 거리도 꼬박 두 배의 시간이 걸린다. 그렇지만, 그렇기에 곱절의 시간이 걸리는 길 위에서 '느리게 걷는 즐거움'을 비로소 절실히 느낄 수 있다.

작년 한 해만 아이와 산책한 것을 기록한 것이 35편이 넘는다. 찬찬히 글을 살펴보니 뜻밖의 조우로 흔연했던 기억이 많다. 대부분 목적지를 두지 않고 걷다 만난 예기치 못한 기쁨에 더욱 즐거웠던 기억이 생생하다. 아이와 함께 처음으로 가게 된 전시회도 집에서 조금 떨어진 유휴공간을 발견했던 날이었다. 우리는 마치 탐험가라도 된 듯 동네의 숨겨진 곳을 찾아다녔다. 그것은 꽤 설레는 일이었다. 어린이 도서관, 장애인 자활을 돕는 카페, 왕개미 군락지와 같은 만남이 나와 딸의 세계를 확장해 주었다. 여름날엔 집 앞 공원을 하루에도 몇 번씩 다니니 소중한 인연이 만들어지기도 했다. 우리 집 강아지와 이름이 같은 푸들 메이, 딸을 예뻐했던 초등학교 6학년 친구들, 아이가 건강하게 자라길 바란다고 용돈을 턱 하니 주셨던 어르신까지. 혼자 걸을 땐 경험할 수 없었던 일들이 아이와 함께하니 새롭게 펼쳐졌다. 스물의 걷기가 내면의 소통이었다면, 아이와 걷는 서른의 걷기는 세상과의 만남을 만들어주었다.

아이와 걸을 때 얻는 특권 중 하나는 사람들의 '웃는 얼굴'을 볼 수 있다는 점이다. 아기와 나란히 서서 걷다 보면 저 멀리서부터 환하게 웃으며 걸어오는 얼굴이 포착된다. 아기를 낳기 전엔 타인에게서, 특히나 거리 한가운데서 보기 힘들었던 얼굴을 아이 덕분에 날마다 보는 기쁨을 누린다. 아이를 바라보는 사람들의 얼굴을 가만 보면 아이 같은 얼굴을 띤다. 게다가 좋은 말씀까지 얹어주시니 산책하는 맛이 나 갓 돌 지난 아이의 발가락이 굳은살이 생길 만큼 부지런히도 걸어 다녔다.

현재 이 글을 쓰는 지금은 걷는 자에겐 비수기다. 엄마인 나만큼이나 걷기 중독인 아기도 하루에 몇 번이고 모자와 목도리, 장갑을 꺼내 들고 나가자, 성화이지만 에워싸는 추위에 어쩔 도리가 없다. 잠깐이나마 걷고 올까, 싶어 날씨를 검색하니 내일은 눈이 펑펑 내린단다. 산책은 글렀다며 단념했는데 도무지 안 되겠다. 내일은 꼭 걷겠다고 다짐한다. 게다가 온종일 앉아서 책을 읽고 글을 쓰는 작업을 하니 나무 꼬챙이처럼 굳어버린 몸만큼이나 정신도 딱딱해져 버린 것만 같다. 저자의 말처럼 감각의 예술인 걷기에 마음껏 취하고 싶다. 걷는 것만으로도 누릴 수 있는 나와 딸아이만의 시간을 위해 걸어야겠다. 내일도 모레도 발길 닿는 대로.

『느리게 걷는 즐거움』, 다비드 르 브르통 글, 문신원 옮김, 북라이프, 2014

5

찬란한 맑음

이혜정

어린 날, 나는 예민하고 까칠했으며 늘 까다로움을 마음속에 장착해 두곤 했다.

마음의 안쪽에 있는 사람들과, 그 바깥에 있는 사람들 사이의 경계를 나만의 기준으로 세워두고, 누가 보아도 알아볼 수 있을 만큼 그 마음을 표현하며 살아왔다. 그것이 옳다고 믿으면서….

20대의 시간을 지나, 30대의 문턱에서 나는 아이를 낳았다. 기다리며 기도했던 아이를 오랜 진통의 끝에 만날 수 있었다. 아기의 탄생과 함께 그 작고 여린 생명이 나에게로 안겼을 때, 강아지의 그윽한 코와 같이 작고 귀여운 콧구멍이 숨을 쉬기 위해 힘겹게 움직이는 것을 보았다. 알 수 없는 불안이 내 안을 휘감아 깊은 어둠에 휩싸인 듯한 순간, 나는 홀로 남겨져 있었다. 그리고 내가 처음 내뱉은 말은 "아기가 숨 쉬는 게 힘들어 보여요."였다.

구급차를 타고 대학병원에 입원했다는 얘길 들었을 때도 난 아무렇지 않았다. 아마도 그저 꿈같아서 그랬을까. 건강할 거라는 강력한 믿음 때문이었을까.

그런데 며칠 후 신생아 중환자실에서 회복 중인 아기를 처음 만났을 때는 이미 괜찮아졌는데도 불구하고 눈물이 쏟아졌다. 그 이유는 황당하게도 아기의 눈썹이 없어서였다.

"왜 눈썹이 없나요?"라고 물으며 오열하는 나를 간호사들은 이해할 수 없다는 듯 바라보았다. 그때 수간호사님이 와서 어깨를 감싸며 말했다.

"아기들은 원래 눈썹이 흐려 그렇게 보여요."

보이지 않는 어떤 이유보다 단순하게 보이는 겉모습을

통해 내가 얼마나 외적인 부분에 고정관념을 가지고 살아왔던 걸까. 그렇게 울며 웃으며 난 첫 아이를 만났다. 육아 스트레스조차 없다고 생각할 정도로 순하고 사랑스러운 그 아이를 키우며 늘 감사했고 행복했다.

아이를 키우며 나의 성격은 눈에 띄게 변화하였다. 더욱 부드럽고 온화한 생각으로 사람들과 마주할 수 있는 마음이 생긴 것이다.

물론 나의 전부가 변할 수는 없겠지만 나의 오랜 친구들도 그렇게 얘기할 정도니 변한 게 맞는 듯하다.

그리고 이후 6년의 기다림 끝에 기다리던 딸을 낳았다. 작고 소중한 아기를 키우며 그저 모든 게 감사했다. 아들과 다른 딸의 육아를 통해 나는 점점 더 변화와 성장의 길을 걷고 있었다. 진정한 어른으로 성장하고 있는 거라고 얘기할 수도 있겠지만 나의 사랑과 에너지를 아이들에게 쏟느라 다른 이들에게 쏟을 감정이 남아 있지 않아서, 또는 좀 더 좋은 어른이고 싶어서라는 이유일 수도 있다. 하지만 무엇보다 내 아이들에게 해가 되는 일은 하고 싶지 않아서가 맞는 말인 듯하다. 작은 것 하나부터 세세하게 신경 쓰이는 것이 부모의 마음이기에.

"그 아이가 나의 요람으로 왔을 때 숙명이 미소를 지었고, 운명이 웃음을 터뜨렸다."

– 『아름다운 아이』 중 나탈리 머천트의 노래 〈기적〉의 가사 일부

『아름다운 아이』를 읽으며 아이를 낳았던 그때의 감정을 다시 느낄 수 있었다. 나와 다른 상황이지만 어떤 마음인지 잘 알기 때문이었을까. 선천적 안면 기형이라는 단어만으로 이 책의 이야기가 어떻게 펼쳐질지 충분히 상상이 된다. 그러나 더 솔직히 이야기한다면 결코 경험하고 싶지 않은 일이다.

이 책은 선천적 안면 기형으로 태어난 '어기'를 키우는 부모와 장애 동생이 있는 누나 그리고 어디서나 이목이 집중되는 어기. 그럼에도 불구하고, 어기의 가족들에게는 유쾌함과 따뜻한 미소가 함께하며, 그 속에서 피어나는 사랑이 느껴진다.

가족들의 뜨거운 마음, 친구들의 따뜻한 유대, 그리고 어기의 끝없는 성장이 담긴 책이었다.

존재하는 것만으로 감사의 마음이 피어나고, 함께 나눈 시간이 행복의 파도가 되어 퍼져나가는 어기네 가족의 모습은 내 마음을 따뜻하게 어루만져 주는 힐링의 순간이었다.

보이는 겉모습보다 그 안에 숨겨진 아름다움이 얼마나 큰 의미를 지니는지 깨달을 수 있던 시간이었다. 그리고 마음의 힘을 키우는 것의 의미, 진정한 아름다움을 찾는 순간들이었다.

"못생긴 얼굴은 없어, 마음은 우리가 갈 길을 보여주는 지도이고, 얼굴은 우리가 지난 온 과거를 나타내는 지도란다."

– 『아름다운 아이』, R.J. 팔라시오, 책과콩나무

아이를 키우며 단단한 뿌리가 깊게 내려 어떤 어려움에도 꺾이지 않는 아름다운 나무로 자라나길 나는 간절히 기도했다. 그리고 그 나무가 어려움 속에서도 다시 일어설 힘을 얻어 계속해서 성장해나가길 바랐다. 사랑과 믿음으로 가득 찬 품 안에서 더욱 강인해질 것이라고 믿었고 유난하고 유별나게 함께하는 시간을 좋아하는 나의 가족들의 특별한 관심과 사랑으로 나는 자유롭고 따뜻한 마음을 가진 아이들로 키우고 있다.

아이들은 나의 마음을 비추는 햇살, 그저 바라보는 것만으로도 기쁨을 느끼게 하는 찬란한 보석들이다.

『아름다운 아이』처럼 소중한 존재인 누군가를 바라볼 때 우리가 어떤 상황을 바꿀 수는 없어도 우리의 시선을 바꿀 수는 있다. 우리가 원하는 것을 있는 그대로 바라보려는 노력, 그것이 의미하는 바가 무엇인지에 대한 고찰이 필요하리라.

관점의 중요성을 인식하는 것이야말로 우리 인생의 여정이 더욱 풍요로워질 수 있음을 잊지 말아야 한다. 우리가 바라보고 싶은 대상을 있는 그대로 바라봐 주는 것, 어떤 관점으로 보는 것인지의 중요성에 대해서 말이다.

책 속의 인물 중 내가 좋아하는 교장 선생님의 말씀이 생각난다.

"제임스 배리의 또 다른 작품, 『작고 하얀 새』에서 그는 이렇게 썼습니다. 인생의 새로운 규칙을 만들어 봅시다. 언제나 필요 이상으로 친절해지려고 노력하라."

- 『아름다운 아이』, R.J. 팔라시오, 책과콩나무

우리의 일상 속에서 당연한 듯 행하는 친절이, 사실은 그 이상의 의미를 지니며, 그것이 우리 삶을 더욱 풍요롭게 한다는 사실을 깨닫게 되었다.

친절의 가치, 그 빛나는 의미를 다시 한번 생각해 보게 되는 책이다.

"친절이란, 누군가 필요로 할 때 던져 줄 수 있는 따뜻한 격려의 말 한마디. 우정 어린 행동. 지나치며 한 번 웃어주기."

— 『아름다운 아이』, R.J. 팔라시오, 책과콩나무

어리석은 나는 이제야 깨달을 수 있었다. 겉으로 보이는 것보다 내면에서 빛나는 아름다움을 찾아야 한다는 것을. 그리고 그 순간부터 나는 친절하고 온화한 사람이 되고자 노력해야 한다는 것을 말이다. 이것이 바로 나의 맑은 날의 새로운 시작이었다.

친절의 파도가 우리 인생을 감싸는 순간, 더욱 아름답고 행복한 세상이 우리를 기다리고 있음을 깨달을 수 있었다. 그리고 아이들의 빛나는 미소가 햇살처럼 퍼져나가, 다른 이들의 마음을 따뜻하게 감싸는 존재가 되기를 소망한다.

자신만의 독특한 매력으로 다른 이들의 마음을 어루만

지며, 따뜻한 품성으로 모두를 일으켜 세우는 힘을 지니길 바란다.

살아가기 위한 여정 속에서, 때로는 먹구름이 우리를 뒤덮을지라도 우리의 마음은 언제나 찬란한 맑음을 간직하는 삶이기를 기대해 본다.

『아름다운 아이』, R.J. 팔라시오 글, 천미나 옮김, 책과콩나무, 2023

곰 인형 속에 담긴 사랑

홍창숙

5년 전 아버지가 하늘나라로 가셨다. 내가 중년의 나이인데도 불구하고, 갑자기 험한 세상 속에 혼자 내팽개쳐진 어린아이가 된 것 같았다. 아버지는 전형적인 경상도 남자로 가부장적이며 무뚝뚝하셨다. 딸 셋의 아버지인데도 '남자는 하늘, 여자는 땅!'이라는 신조를 지니셨고, 암탉이 울면 집안이 망한다는 말을 서슴지 않으셨다.

나는 셋째 딸이다. 사람들은 셋째 딸이라고 말하면 "사랑을 많이 받았겠다.", "선도 안 보고 데려간다는 그 예쁜 딸?"이라며 셋째 딸 환상을 가진다. 그러나 나는 사람들의 기대와 다른 대우를 받으며 자랐다. 하필 아들을 원하는 집의 셋째 딸로 태어났기 때문이었다. 내가 세상에 나왔을 때 집안 분위기는 마치 초상집 분위기 같았다고 한다. 어머니는 눈치가 보여 몸조리도 제대로 못 하셨다. 다행히 넷째가 아들로 태어나면서 비로소 어머니가 당당히 어깨를 펼 수 있었다. 지금도 종종 어머니는 일생에 가장 잘한 일은 아들을 낳은 것이라고 말씀하신다. 어머니는 아들이 어머니의 존재 가치를 더욱 빛나게 했다고 믿고 있다. 아들이라는 이유로 동생은 태어난 순간부터 특별 대우를 받았고 마흔이 넘은 지금도 변함이 없다. 그러나 동생은 부모님의 과한 관심과 사랑이 때로는 부담스럽다고 푸념하기도 한다.

어머니는 대놓고 아들이 최고라고 하셨지만, 아버지는 겉으로는 아들 사랑을 드러내지 않으셨다. 하지만 아버지가 아들을 쳐다볼 때의 눈빛이 세 딸을 쳐다볼 때와 사뭇 다르다는 것까지는 감추지 못하셨다.

아버지의 이미지가 와장창 깨져버린 사건이 있었다. 30여 년 전 내가 고등학교 3학년 때였다. 그때는 학력고사를 보던 시기였다. 대학교를 한 군데만 지원할 수 있었고, 학력고사 성적으로만 합격 여부가 결정되었다. 그해 내가 지원한 대학의 경쟁률이 유난히 높았다. 게다가 나쁜 결과의 예고였는지 학력고사를 보던 날이 내 생일이었다. 어머니께서 아침에 미역국을 끓여주셨고 그 미역국을 먹고 시험을 보았다. 미역국을 먹으면 시험에 떨어진다는 속설이 있어서 수험생들에게는 미역국이 금기 음식이었다. 나는 미신이라고 생각해 대수롭지 않게 여겼다.

엄청난 경쟁률과 미역국 탓인지 지원한 대학에 똑 떨어지고 말았다. 재수하기 싫어서 후기 대학에 진학하기로 했다. 당시는 전기, 후기로 나눠서 신입생을 뽑았다. 후기 대학을 지원하려면 다시 시험을 봐야 했다. 친구들은 입시가 끝나서 신나게 놀고 있을 때, 홀로 독서실에서 공부할 수밖에 없었다.

어느 날, 아버지께서 독서실로 데려다주셨다. 아버지 차를 타고 독서실로 향하는데 갑자기 눈물이 쏟아졌다. 나는 가는 내내 엉엉 큰소리를 내며 그동안의 설움과 힘들었던 마음을 모두 토해내듯 울었다.

그날 저녁, 퇴근하신 아버지는 혼자가 아니었다. 아주 커다랗고 털이 복슬복슬한 하얀 곰 인형이 아버지와 같이 있었다. 아버지는 평상시에 한 번도 뭔가를 사 온 적이 없는 분이셨다. 그런 아버지가 처음으로 자식에게 줄 선물을 사 오셨다! 그것도 아들이 아닌 셋째 딸에게 말이다. 정말 믿을 수 없는 일이 벌어졌다. 아버지는 아무 말 없이 인형을 나에게 주셨다. 나는 그 순간 곰 인형만큼이나 크고 따뜻한 아버지의 사랑을 느낄 수 있었다. 그 후로 나는 '아버지'를 떠올릴 때마다 항상 그 커다란 곰 인형이 떠오른다. 곰 인형은 찬밥이었던 '셋째 딸'이 아닌, 아버지의 큰 사랑을 받았던 '나'로 바꾸어 주었다.

매슈를 보며 아버지를 떠올린다

『빨강 머리 앤』의 '매슈'를 보면 아버지가 생각난다. 말이 없고 표현에는 서툴지만, 그 누구보다 따뜻한 사랑이 있었던 매슈가 마치 우리 아버지 같았다. 어머니가 임신 중에 셋째도 딸인 사실을 알고 지우려고 하자, 아버지가 반대하셨다고 한다. 그 덕분에 나는 세상의 빛을 보게 되었다. 내가 태어났을 때도 속상해하는 어머니와 달리 아버지는 낳길 잘했다며 기뻐하셨다고 한다.

매슈와 마릴라는 일을 도와줄 남자아이를 입양하려고 했다. 하지만 착오로 여자아이인 앤이 왔다. 마릴라가 앤을 보육원으로 돌려보내려고 했을 때 매슈는 앤을 키우려고 했다. 매슈 덕분에 앤은 초록 지붕 집에 살게 되었다.

앤이 매슈를 처음 만나 초록 지붕 집으로 오게 된 날은 벚꽃이 활짝 피었다. 앤은 벚꽃을 '하얗게 레이스를 단 듯한 나무', '예쁜 안개 면사포를 쓰고 새하얀 드레스를 입은 신부'라고 표현했다. 사과나무꽃이 활짝 핀 그 가로수길을

'기쁨의 하얀 길'이라고 이름 지었다. 내가 아버지를 생각하면 '하얀 곰 인형'을 떠올리듯이, 앤은 매슈를 생각하면 처음 만나 함께 갔던 '하얀 꽃길'을 생각할 것이다.

앤은 매슈를 처음 만났을 때 '앞으로 알아야 할 것들을 생각하면 신나고, 살아 있다는 것이 즐겁다.'라고 말했다. '우리가 다 안다면 재미가 반으로 줄 것'이라며 삶의 기대에 부푼 앤을 보면서 젊은 시절의 내 모습이 생각났다. 인생은 내가 원하는 대로 흘러갈 줄 알았다. 바르게 열심히 살면 늘 화창한 인생을 살 수 있을 거라 믿었다. 그때는 아버지의 그늘이 인생을 순항하게 해주는 중요한 역할이었다는 것을 전혀 몰랐다.

긍정적이고 밝은 앤이지만 현실은 그러지 못했다. 부모님을 일찍 여의고 어린 나이에 여기저기 떠돌면서 불행하게 살았다. 그런 앤은 매슈를 만나면서 활짝 필 수 있었다. 그렇게 앤과 매슈, 마릴라는 하얀 꽃들의 축복을 받으며 가족이 되었다.

그러나 인생은 늘 꽃길만 있는 것이 아니다. 매슈가 은행 파산의 충격으로 죽게 되고, 마릴라는 시력을 점점 잃어가는 불행이 닥쳐왔다. 앤은 원했던 레드먼드 대학을 포기하며 초록 지붕 집에 남기로 했다. 이제는 거꾸로 앤이 보살피고 사랑을 주는 상황이 되었다. 마릴라와 매슈는 큰 사랑으로 앤이 바르게 자라도록 키워주었다. 앤은 그것을 잊지 않았다. 앤은 매슈와 마릴라가 베풀었던 사랑을 갚으며 살기로 하였다. 그 사랑은 삶의 방향을 결정하고, 진정으로 중요한 것이 무엇인지를 깨닫게 했다. 앤은 가족을 선택하였다. 우리가 받은 사랑을 기억하고 돌려주는 것이야말로 진정 아름다운 길이 아닐까?

나는 아버지가 돌아가신 후에야 아버지를 조금은 이해하게 되었다. 하지만 마음 한구석에는 후회와 죄책감이 남아 있다. 퇴근 후 집에서 쉬고 있을 때 아버지는 세상을 떠나셨다. 아버지에게 병문안을 갈까 말까를 고민하다가 피곤하다는 이유로 가지 않았다. 아버지보다 나를 먼저 생각한 선택이 임종을 지키지 못한 결과를 만들었다.

우리는 인생에서 잘못된 결정으로 후회하고, 그것을 통해 배우며 성장한다. 비록 늦었지만 나도 앤처럼 부모님의 사랑을 기억하며 그 사랑을 나누고 베푸는 삶으로 살아가려고 한다. 그것이 아버지 사랑을 조금이라도 갚는 길일 것이다.

『빨강 머리 앤』, 루시 모드 몽고메리 글, 박혜원 옮김,
더모던, 2023

Chapter 2.

바람이 전해 준
이야기

바람의 노래가 들려

김경은

"어느 날 아침, 곰은 울고 있었어요. 단짝 친구인 작은 새
가 죽었거든요."

— 『곰과 작은 새』, 유모토 가즈미, 웅진주니어

그림책 『곰과 작은 새』는 이렇게 작은 새의 죽음으로 시
작한다.

어느 수요일 오후 휴대전화가 울렸다. 내가 가르치고
있는 윤성이 어머니 전화였다. 어머니께서는 앞으로 윤성

이가 수업을 못 하게 되었다고, 아니 더는 할 수 없게 되었다고 하셨다. 조심스럽게 이유를 물으니 "월요일에 사고가 있있는데 윤성이가 심정지가 와 하늘나라로 갔어요. 지금 막 땅에 묻고 집에 도착했어요. 윤성이가 선생님 너무 좋아했는데 경황이 없어서 연락 못 드렸어요." 하며 흐느껴 울고 계셨다.

지난주 금요일 오후 윤성이가 수업을 마치고 나에게 다가오더니 작은 목소리로 "선생님, 손 좀 펴보세요."라고 하더니 포테이토 칩 과자 한 봉지를 내 손 위에 올려주고는 씽긋 웃으며 나갔다. 이 모습이 윤성이의 마지막이었다.

"아아, 어제 네가 죽을 줄은 꿈에도 몰랐어. 만약 어제 아침으로 돌아갈 수만 있다면, 나는 아무것도 필요 없어." 곰은 닭똥 같은 눈물을 뚝뚝 떨구며 말했어요.

– 『곰과 작은 새』, 유모토 가즈미, 웅진주니어

우리는 살아가면서 원치 않는 이별을 겪게 되고, 전혀 예상하지 못했던 상황을 맞게 되기도 한다. 『곰과 작은 새』의 주인공인 곰에게도 나에게도 윤성이 부모님에게도 이별은 예외가 아니었다. 나는 포천을 향해 고속도로 위를 달리고 있다. 그렇게 명랑했던 윤성이의 죽음을 믿을 수 없었다. 아니 믿고 싶지 않았다. 그때로 시간을 돌릴 수만 있다면…. 정말 아무것도 필요 없었다. 절실하게 돌아가고 싶은 과거의 순간이 있을 때마다, 후회되는 순간이 생길 때마다 곰처럼 나 역시 수천 번을 생각했다.

곰은 숲에 있는 나무를 잘라 조그마한 상자를 만들어 나무 열매즙으로 상자를 예쁘게 칠하고, 안에 꽃잎을 가득 깔았다. 그리고 작은 새를 살포시 상자 안에 눕혔다. 곰은 언제나 어디에 가든지 작은 새를 넣은 상자를 가지고 다녔다.

윤성이가 있는 곳에 도착해 한 걸음 한 걸음을 내디딜 때마다 윤성이의 죽음을 받아들여야만 한다는 사실에 가슴이 떨려오기 시작했다. 산 중턱에는 방금 심어진 작은 소나무 한 그루가 슬픔을 머금은 채 외롭게 서 있었다. 그 주위에 작은 꽃들이 친구가 되어 있지만, 그 작은 소나무는 너무나 애처로워 보였다. 검은 돌 묘비에는 '박윤성 지

묘 2011년 12월 22일 생 2023년 5월 1일 졸'이라고 쓰여
있었다. 너무나 짧은 생을 살다 간 녀석 앞에 서서 한없이
눈물만 흘렸다.

곰은 아무리 보아도 작은 새가 세상을 떠난 것 같지 않
았다. 그저 낮잠을 자는 것 같은데 새는 깨어날 생각을 하
지 않는다. 온몸에 힘이 빠져 축 처져 있는 책 속의 곰의
모습이 떠오른다. 며칠 전 그렇게 밝게 웃고 가던 윤성이
가 저렇게 작은 소나무 한 그루가 되어 있을 줄이야. 나는
그 자리에 털썩 주저앉아 목 놓아 울기 시작했다.

곰의 마음을 진심으로 가장 잘 이해해 줄 수 있는 친구
인 '작은 새'가 떠난 것처럼, 세상에서 제일 슬프고 외로운
이 순간, 나의 '작은 새'도 없었다. 곰은 작은 새의 빈자리
가 아마 더 크게 느껴졌을 것이다.

얼마나 울었을까, 그렇게 한참 울고 있는데 어디선가
한 줄기 바람이 내 뺨을 스쳤다. 나 잘 지낼 테니 이젠 그
만 울라는 듯…. 작은 새의 위로가 바람의 노래가 되어 들
려왔다.

어느 날 곰은 들고양이를 만나서 "너는 작은 새와 정말 친했구나. 작은 새가 죽어서 정말 외로웠지."라는 말에 위로받고 작은 새와의 추억들을 마음껏 떠올린다. 그리고 들고양이와 함께 작은 새를 묻어주기로 한다. 비록 작은 새는 죽었지만 곰과 작은 새는 영원한 친구임을 깨달았기 때문이다.

구름 한 점 없이 불어오는 바람의 노래에 위로받으며 하늘을 바라본다.

재작년 5월 나는 목을 많이 쓰는 까닭에 성대 폴립 제거 수술을 받았다. 간단한 수술이라지만 교사에게 있어 목소리는 생명과도 같다. 수술 후 일주일 정도 회복 기간에는 아무 말도 하지 않고 지내야 했다. 하지만 나는 아무도 모르게 "아, 아, 음~" 소리를 내어 보았지만 정말 목소리가 나오지 않았다. 아주 거칠게 쉰목소리가 잠깐 나올 뿐이었다. 이러다 정말 목소리를 잃게 되는 것은 아닌지 두려움이 엄습해 왔다. 수업도 못 하고 우울한 하루하루를 보내고 있는데 윤성이가 직접 담근 것이라며 꿀 생강차를 가져왔다. 상자 겉에는 "선생님, 힘내세요. 사랑해요."
라는 글이 적혀 있었다. 윤성이의 위로에 왠지 모를 마음
따뜻함을 느꼈다. 이렇게 나에게 진정으로 힘이 되어주는
작은 새였다.

곰은 들고양이의 진심 어린 위로 덕분에 작은 새를 떠
나보낼 수 있게 되었다. 그리고 들고양이는 곰에게 손때
묻은 탬버린을 건네며 제안을 하나 한다. 이 마을 저 마을
여행을 하며 함께 곡을 연주하지 않겠느냐고. 이렇게 곰
과 들고양이의 긴 여정이 시작된다.

종이에 손을 베었다. 그 상처가 낫기도 전에 또 상처가
났다. 쓰리고 아팠다. 이별 또한 그렇다. 수없이 반복적
으로 겪어도 겪을 때마다 똑같이 아프고 하염없이 눈물이
난다. 이별은 이렇게 슬픈 것인 줄 잘 아는데 자꾸 나의
삶에 다가온다. 나도 이렇게 견뎌내기 힘든데 윤성이 어
머니는 어떨까? 내가 그에게 건넨 위로는 과연 진심이었
을까?

숲속 동물들은 곰에게 작은 새는 돌아오지 않으니 잊으

라고 말한다. 곰은 집안에 들어가 문을 꼭꼭 잠가버린다. 우리는 누군가에게 따뜻한 위로를 받기를 바라는 마음으로 용기 내어 털어놓으면 더 큰 상처가 되어 돌아올 때가 있다. 지금 힘들어하고, 슬퍼하는 일들의 끝에는 또 다른 희망이 기다리고 있을 것이라고. 그러니 나와 함께 용기 내자고, 손을 내미는 사람이 되고 싶다.

사랑하는 사람의 죽음을 받아들이는 것은 정말 힘든 일이지만 죽음은 누구에게나 어느 날 갑자기 일어나기도 한다. 들고양이는 곰이 작은 새의 죽음을 슬퍼하고 추억을 떠올리면서 극복할 수 있도록 도움을 준다. 들고양이 또한 손때 묻은 탬버린의 주인을 잃어 본 경험을 했기 때문에 곰의 마음을 진심으로 공감하고 위로할 수 있었다.

이 그림책의 원제는 『곰과 들고양이』지만, 한글 번역본 제목은 『곰과 작은 새』로 새의 죽음을 더 강조한다. 그림 전체를 흑백으로 죽음의 슬픔을 표현했다면 연한 핑크빛은 작은 새의 추억을 담아내고 있다. 그리고 곰과 들고양이가 친구가 되어 함께 떠나는 새로운 희망을 노래한다.

이 책은 어른들에게 추천하고 싶은 동화다. 누구나 작

은 새, 들고양이와 같은 존재가 있을 테니까.

『곰과 작은 새』 유모토 가즈미 글, 사카이 고마코 그림, 웅진주니어, 2021

운명의 바람을 따라가다 보면

손지민

'바람이 불어오는 곳, 그곳으로 가네. 꿈에 보았던 그 길, 그 길에 서 있네~', '바람' 하면 떠오르는 노래 가사이다. 이 노래가 절로 생각나던 곳이 있다. 군산으로 가던 길에 우연히 내렸던 신시도. 그곳에서 날아갈 것 같던 강렬한 바람을 느끼며 질문을 던졌다. 바람을 무작정 따라가다 보면 어디에 이를까? 바람이 주는 시원한 자유로움으로 어디든 데려다줄 것 같았던 기억처럼, 노발리스의 소설『푸른 꽃』에서 주인공 하인리히는 꿈속에서 본 '푸른 꽃'을 찾아 운명처럼 떠나게 된다. 무엇에 강렬하게 이끌린다는 것은 어떤 의미일까. 이 소설에서 청년 시인 하인리히는 푸른 꽃을 찾아야 한다는 생각에 사로잡혀서 어머니의 고향으로 떠나는 여정이 시작된다. 하나의 운명같이 받아들이는 하인리히의 모습에서 내가 운명처럼 느끼는 것은 무엇인지 생각해 보게 된다. 하인리히가 찾고 싶던 푸른 꽃은 과연 무엇이었을까. 내 안의 푸른 꽃은 무엇일까? 물음과 함께 하인리히의 여정을 좇아갔다.

　내 삶을 이끄는 운명의 푸른 꽃은 무엇일까. 운명이라면, 나는 세 딸의 장녀로 태어났다. 우리 부모님 세대에는 아들을 낳아야 비행기 태워준다고 말하는 시대였는데도 딸이어서 서러움을 받은 기억은 어디에도 없다. 성인이 되어서 만난 초등학교 친구들에게서 '늘 단정하게 땋은 머리를 하고 예쁜 원피스에 구두를 신고 오는 아이'로 기억된다고. 부잣집 딸인 줄 알았다는 표현을 듣고 웃었던 기억이 날 만큼 엄마의 정성은 남부럽지 않았다. 그래도 가끔 아빠와 친척 어른들께서 얘기 나누시던 중에 아들이 한 명 있어야 한다는 소리라도 들은 날은 마음이 쿵 내려

앉아서 귀를 막았던 기억이 난다. 그때 엄마의 심정은 어땠을까. 보란 듯이 딸들을 잘 키우고 싶으셨을 것이다. 장녀인 나를 향한 엄마의 기대는 세상 무한하지 않았을까 싶다. 나 또한 아들이 없어도 우리 집은 괜찮다고 누구나 생각하게 하고 싶었다. 부모님의 기대에 맞추고 싶은 마음을 간직하며 순종적이고 착한 딸, 공부 잘하는 딸로 엄마가 원하는 내가 되고 싶었다. 그렇게 어릴 적 내 삶을 이끄는 푸른 꽃은 엄마였다. 누가 그러라고 한 것도 아닌데 스스로 책임감의 무게를 감당하며 부모님과 동생들의 행복을 붙잡고 싶어서 기꺼이 성실하게 살았던 시절이 있다. 꽤 오랫동안.

그렇게 장녀로서 이끌려 가던 삶, 인정받으려고 노력했던 운명의 푸른 꽃이 지금의 나로 성장할 수 있었다. 그 성장에는 운명과 같은 장녀로서의 삶을 온 힘을 다해 든든히 지켜주는 남편이 있다. 착한 마음은 바보 같다고 불쑥 어린 내가 고개를 내밀면, 선함이 있는 나를 꺼내주는 큰오빠 같은 남편. 한결같음으로 고맙고 미안해지는 사람. 더 선함을 표현해 주는 사랑스러운 아들이 푸른 꽃을 따라가던 보물이 아닐까 싶다. 이 소설도 아들이 같이 읽자고 권유했으니, 보물이 맞다!

이렇게 푸른 꽃을 따라가며 성장할 수 있었던 길에는, 어릴 적부터 함께 한 문학이 가끔은 벗어나고 싶던 길의 길잡이가 되어주었다. 하인리히는 여행길에서 오래된 비문을 보며 말한다.

"우리는 우리 가슴속에서 수천 가지의 소중한 발견을 한 거예요. 그 소중한 발견들은 우리의 삶에는 새로운 빛을 제공해 주지요. 세계는 조야하고 폭력적인 성격을 버리고 우리의 감각에 어울리는 마법적인 시와 동화가 되는 거예요."

— 『푸른 꽃』, 노발리스, 민음사

이것은 내가 시와 동화를 좋아했던 이유였다. 따뜻한 빛을 제공해 주어서 내가 투명하게 순수하고 선해지는 느낌, 불확실하고 모호해서 미처 말할 수 없었던 것이 언어로 표현될 수 있는 세상. 마음껏 꿈꿀 수 있고 삶을 온몸으로 느끼게 해주는 문학의 영향력이 나를 이끌어 준 푸른 꽃의 하나일 것이다. 오래된 비문처럼 많은 이야기에서 찾은 소중한 발견을 가슴에 품어 새로운 빛을 제공받는다. 문학의 언어로 타인과 세상에 대해 공감하고 나와 타인이 다르지 않음을 깨달으며 함께 살아갈 수 있는 용기를 얻을 수 있었다. 어릴 적 엄마가 가지런히 꽂아놓으셨던 세계 문학 전집에서 『키다리 아저씨』, 『나의 라임오렌지 나무』를 읽으며 '다른 사람에게(아이들에게) 도움을 줄 수 있는 좋은 어른이 되어야지.' 생각하며 꿈을 갖고 살아갈 수 있었던 것처럼. 그런 이유로 문학으로 꿈꾸며 인생의 가치를 찾아 함께하는 삶은 눈부시다.

하인리히는 여러 고장을 다니며 상인, 광부, 시인, 기사 등 다양한 사람들을 만나서 그들 각자로부터 여러 삶의 일화와 이야기를 듣게 된다. 그는 아우크스부르크에 도착해서 마틸데를 만나며 그녀가 푸른 꽃임을 느낀다. 그녀와 사랑과 아픔의 시간을 겪으면서 시인으로서의 다양한 감정을 가질 수 있게 된다. 마틸데가 죽은 후 하인리히는 다시 먼 길을 걸어 고향으로 돌아간다. 하인리히가 이 여행에서 깨닫게 된 것은 무엇일까. 집에서 멀리 떠나 다른 고장을 많이 보고 난 뒤에야 자기 고장을 제대로 알게 된 것 같다고 그는 말한다. 고장과 자연, 우리는 모두 연결되어 있다는 것. 모두가 함께 세계라는 고장이라는 것을 깨닫는다. 머리로만 느끼던 세상에서 경험으로 세상을 깊이 이해하게 된다. 하인리히는 어디에나 시가 존재하며 이 세상 자체가 한 송이의 푸른 꽃임을 깨닫고 자기 삶을 시로 쓸 수 있는 원숙한 시인으로 성장해 갔다.

하인리히의 여정처럼 설렘과 불안 그 속에 여행이 있다. 인생에서 여행은 우리에게 현실에서 미루고 있던 꿈과 더 가깝도록 이끌어 주기도 하고 다시 삶의 방향성을 안고 돌아올 수 있게 해준다. 그간 다니던 여행 중에 부산에서 이층버스를 타고 광안대교를 지나갈 때, 온 세상이 수많은 붉은빛으로 노을 지던 그 황홀한 풍경을 잊을 수 없다. 가슴 벅차게 아름답다는 언어로밖에 표현할 수 없었던 그 찰

나. 풍요로운 이 세상에 살아 있음이 감동으로 느껴진 그 순간. 우리 모두가 다채로운 빛깔을 가진 아름다운 존재라고 느끼던 그 기억. 그렇게 붙잡아두고 싶던 내 안의 푸른 꽃이 모여서 인생을 만들어 가고 있을 것이다.

머리가 훌쩍 커서는 잃어버린 나를 찾는다고 애태우던 시간을 지나, 여전히 불완전하고 불안한 나를 세상에서 가장 따스하게 안아주는 푸른 꽃의 존재들. 해맑은 조카의 함박웃음과 생애 한 번뿐인 눈부신 반짝임을 함께 할 수 있어서, 운명을 움켜잡아 본다. 앞으로도 푸른 꽃을 따라가는 여정은 기꺼이 운명을 받아들이며, 그저 바람 따라 햇살 따라가는 여행처럼 나를 맡기고 더 자유롭기를 바란다. '바람이 불어오는 곳, 그곳으로 가네~.'

『푸른 꽃』, 노발리스 글, 김재혁 옮김, 민음사, 2003

바람에 흔들리던 날들

유현숙

『흔들린다』

이 책은 나의 첫 인생 그림책이다. 이 시 그림책을 만난 것은 6년 전 어느 가을, 금호동의 작은 그림책방을 방문했을 때였다. 도서관 프로그램을 통해 만난 책방지기에 대한 호기심을 이기지 못해 꼬불꼬불한 금호동 골목길을 올라갔었다.

책방이 있을 것 같지 않은 시장통에 단정하고 깔끔한, 책방지기를 닮은 작은 책방이 있었다. 그때까지만 해도 나는 그림책은 어린이를 위한 동화책의 한 부류로 생각하고, 그림책에 대한 이해가 별로 없었다. 그러나 '동화책'이 아닌 '그림책'들로만 가득한 작은 그림책방에서 나는 또 다른 세상을 경험하게 되었다.

그날, 그 많고 예쁜 그림책 중에 왜 이 책이 눈에 들어왔을까…. 아마 책 표지가 한몫하지 않았을까 싶다. 내가 좋아하는 파란색 책 표지 그림에 한 그루 나무가 서 있다. 푸르지만 어두운 하늘 아래, 거세게 부는 바람에 쓰러질 듯 저항하는 나무가 홀로 견디고 있다. 긴 머리카락이 바람에 휘날리듯 한쪽으로 치우친 가지와 떨어질 듯한 나뭇잎 모습에 저절로 손이 갔다.

출판사 이름마저도 맘에 드는 이 책은 나의 그림책에 대한 통념을 깨주었다.

표지를 넘기자, 비가 억수같이 쏟아지는 마을에 천둥 번개가 번쩍이는 모습이 보인다. 그리고 다음 장, 천둥 번개가 지나간 고요한 산천의 모습. 그러나 아직도 어둡다. 그리고 또다시 몰아치는 태풍, 그리고 마침내 맞은 평화로운 맑은 하늘. 이어 등장하는 제목. '흔들린다'

『흔들린다』는 함민복 시인의 시에 한성옥 작가가 그림을 그린 시 그림책이다. 설레는 마음으로 한 장 한 장 넘길 때마다 나는 부들부들 떨리기도 하고 시와 그림이 전해주는 위로에 울컥하기도 하였다.

나무는 최선을 다해 중심을 잡고 있었구나
가지 하나 이파리 하나하나까지
흔들리지 않으려 흔들렸었구나
(중략)
흔들림의 중심에 나무는 서 있었구나

- 「흔들린다」, 함민복, 작가정신

특히나 이 구절에서 나는 생전 일면식도 없던 한 시인에게 많은 위로를 받았다. 그리고 그날 이후 '함민복 시인'에게 빠져들어 그의 시를 찾아 읽기 시작했다. 섬세하고 따뜻한 시가 건네는 잔잔한 위로. 그의 시집 『말랑말랑한 힘』은 나의 최애 시집 중 하나가 되었다. 함민복 시인은 '강화도 시인'이라고 불릴 정도로 강화도에 정착해서 활발

하게 활동하고 있다. 생계를 위해 부업으로 인삼가게를
하신다는 것도 인간적이라 맘에 든다.

아마도, 그 시절의 나는 중년의 문턱에서 많이도 흔들
렸었나 보다. 그때, 나는 서울로 이사 온 지 얼마 안 된 시
기였다. 서울이 고향인 나는 복잡하고 상처 많았던 서울
을 뒤로하고, 다시는 돌아올 거라 생각하지 않고 단호히
떠났었다. 친정어머니를 모신다는 명분이었지만, 사실은
공부와 지나친 경쟁에 힘들어하는 아들이 혹시나 다칠까
염려되어 내린 결정이었다. 그 결정에 결단코 후회가 없
을 만큼, 'ㅂ시'에서의 생활은 즐거웠다. 하지만 폐암으로
투병하시던 어머니를 하늘로 보내드리고, 아들이 고등학
교를 졸업하게 되자 더 이상 그곳에 머물 명분이 없어졌
다. 특히 서울로의 출퇴근에 어려움을 호소하는 남편 앞
에서는 더더욱 그랬다. 공황장애로 힘들어하는 남편을 생
각해서 다니던 직장도 정리하고 다시 돌아온 서울에서 나
는 한동안 아무도 만나지 않았다. 그저 하루하루를 정리
하며 살아낼 뿐이었다.

어머니를 보내드리고, 아무것에도, 누구에게도 마음을
두지 못했을 때 새로운 만남이 이루어진 곳은 작은 책방
그리고 이어진 인연들, 책들….

그늘을 다스리는 일도 숨을 쉬는 일도
결혼하고 자식을 낳고 직장을 옮기는 일도
다
흔들리지 않으려 흔들리고
흔들려 흔들리지 않으려고
가지 뻗고 이파리 틔우는 일이었구나

−『흔들린다』, 함민복, 작가정신

시인이 건네는 위로에 마음을 다독이면서, 그해 겨울
끝자락, 나는 오랜 꿈이던 책방을 하게 되었다. 나 또한
흔들리는 누군가에게 위로가 되기를 꿈꾸며.

『흔들린다』, 함민복 시, 한성옥 그림, 작가정신, 2017

간직한 것은 잊히지 않아

이주연

코끝에 바람을 타고 아빠의 냄새가 스쳤다. 독한 약물과 제대로 씻지 못해 났던 진한 체취가 뒤섞인 냄새. 아빠소풍 가시던 날 목덜미에서 나던, 한참을 끌어안고 맡고 또 맡았던 냄새였다. 잊지 않으려 애썼던 그 냄새가 아빠가 평생을 바친 이곳에 바람 따라 날아온 것이다. '아, 아빠가 우리 곁에 함께 계시구나.'

불과 며칠 전, 우리 가족은 아빠의 몸을 닦아드렸다. 따뜻한 물에 수건을 적셔 손톱, 발톱을 바투 자르고, 발가락 사이사이, 손톱 밑까지 꼼꼼히 닦았다.

"주연이 아빠는 꼬질꼬질해도 인물은 좋네."

"되려 얼굴은 더 좋은 거 같은데?"

시답지 않은 말로 맞장구치며 우리는 각자 저마다의 슬픔을 감춘 채 아빠의 몸에 정성을 들였다. 한 사람이 아빠의 몸을 받치면 또 다른 사람은 비눗물을 묻히고 남은 사람은 깨끗한 물로 다시금 닦기를 반복했다. 그렇게 한참을 우리는 입을 닫은 채 닦고 또 닦았다.

"근데 아빠는 안 씻으면 잠도 못 자던 사람이었는데….."

"그러게, 너무 찝찝하겠다. 아빠 우야노?"

동생의 말에 별스럽지 않게 대꾸하던 내가 눈물이 뚝 떨어졌다. 호흡기로 연명한 아빠의 몸은 이미 살아 있는 것이 아니었다. 곳곳이 메말라 갈라지고 터져 살짝만 건드려도 부스럼이 떨어졌다. 분명 날마다 수시로 로션을 듬뿍 발라주었건만, 그렇게 안간힘을 썼건만 왜 대체 이 모양인 거냐며 눈물이 터졌다.

지난 1년간 내가 안간힘을 쓴 것은 비단 아빠의 살갗에

로션을 덧바르는 것만은 아니었다. 아빠를 보살피며 그의 생을 수시로 되돌아보려 노력했다. 나만은 그의 생을 오래도록 간직하고 싶었다. 간직한 것은 잊히지 않으니까. 그렇게 아빠의 역사를 헤아려 보는 것은 호락호락하지 않았던 당신 삶만큼이나 쉽지 않았다.

책『좀머 씨 이야기』에서의 좀머 씨를 보며 내가 기시감을 느낀 것은 우연이 아니다. 좀머 씨는 내게 아빠만큼이나 소년의 마을에선 미스테리한 인물이다. 정확한 이름도, 직업도, 그 어떤 것도 마을 사람들은 좀머 씨에 대해 알지 못한다. 이른 아침 일찍부터 저녁 늦게까지 지팡이를 쥐고 내내 걸어 다니는 그를 두고 온갖 추측만 난무할 뿐이다. 밀폐공포증이 있다고, 가만히 있으면 경련이 온다고 그래서 걷지 않고는 버티지 못하는 것이라고 말이다. 폭풍우가 휘몰아쳐도, 눈이 오나, 비가 오나, 햇볕이 뜨거워도 1년 중 단 하루도 걷지 않는 날이 없을 정도로 좀머 씨는 줄기차게 걸어 다닌다. 그런데 정작 그가 어디를 그렇게 다니는지, 그 방랑의 목적지가 어디인지, 무엇

때문에 그가 그렇게 조급한 걸음으로 하루 대부분 시간을 헤매고 다니는지 아무도 아는 사람이 없다.

이런 좀머 씨가 작품에서 처음이자 마지막으로 딱 한 번 목소리를 낸다. 하늘에서 비가 억수같이 쏟아져 내리던 날, 그 비가 우박으로 바뀌어 길이란 길은 하나도 보이지 않던 때 소년은 그를 발견한다. 차를 타고 가던 소년과 소년의 아버지는 이러다 죽겠다며 재차 차를 태워주겠다며 그를 부른다. 좀머 씨는 "그러니 나를 좀 제발 그냥 놔두시오!"라고 그들을 향해 소리친다. 무언가 두려움에 차 있는 것처럼 보이는 눈을 크게 뜨고선. 아무 일 없다는 듯, 지팡이를 다시 오른쪽으로 바꿔 쥐고는 옆도, 뒤도 돌아보지 않은 채 앞으로 계속 걷기만 할 뿐이다.

비가 오나 눈이 오나 태풍이 칠 때도 걷는 인간, 좀머 씨를 보며 아빠를 떠올렸다. 아빠는 언제나 쉬지 않고 일했다. 새벽에 나가 밤늦게 들어오던 아빠는 날마다 혼자 술잔을 기울였다. 나는 그런 아빠의 검게 그을린 외로운 등을 보며 자라났다. 능진 뒷모습을 지켜본 세월만큼이나 아빠와 나 사이에 거리감이 생겼다. 우리 네 식구 가족여행 한 번 제대로 다녀온 적 없다고, 자라는 내내 그런 아빠를 셀 수 없이 원망했다. 아빠 자식인 우리보다 말 못하는 짐승이라는 이유로 키우던 소를 더 가엾게 여기는 아빠가 못마땅했다. 당신 없이 한 끼라도 거를까 싶어 전전긍긍해 마지않던 모습을 볼 때면 내심 저 유난 우리한테나 보여주지 싶었다.

장대처럼 굵고 거센 비가 좍좍 오는 날이면 우리 남매와 엄마는 내내 뒤척였다. 아빠가 창밖을 내다보며 연달아 피우던 담배 연기는 꼭 당신 한숨 소리 같았다. 모두가 만류하는 길에도 결국 길을 나선 아빠는 서슴없이 온몸으로 비와 바람을 막아냈다. 그놈의 짐승 새끼한테 제 몸 바치길 불사하던 모습을 볼 때면 나는 가슴이 답답해졌다.

아침 해가 뜨고 아무 일 없었다는 듯 세상이 고개를 들때면 전화가 울린다. 아빠다. 안도와 동시에 다짜고짜 미움과 짜증이 한껏 올라온다. 한바탕 폭풍우가 찾아올 때면 어김없이 아빠의 모습은 흙더미로 온몸이 덮여 있었고, 이내 장마가 지속되는 날엔 그저 생사만 확인할 뿐 며

칠이고 얼굴을 볼 수 없었다. 그렇게 아빠가 의기양양하게 집으로 돌아오던 날엔 내심 반가웠지만 혹여나 내 환대로 인해 물불 가리지 않고 또 뛰쳐나가실까 꾹꾹 참아냈다. 금의환향한 그는 새벽까지 자신의 영웅담을 뽐내고 또 뽐냈다. 떠내려갈 뻔했던 소 뒷덜미를 잡아닦았던 일, 그러다 소 뒷발질에 차였던 일. 온몸 구석구석 시커멓게 멍이 든 자국을 훈장처럼 드러내며 아이처럼 웃던 아빠의 미련함에 고개를 돌렸다. 나는 그런 아빠의 삶을 조금도 이해할 수 없었다.

장례식장을 찾은 아빠의 친구들은 한평생을 논과 밭을 갈았던 당신의 삶에 탄식했다. 언젠가부터 더 꽁꽁 자기 세계에 갇혀 자신의 일터에서 남은 생을 보냈던 아빠는 삶이라는 불확실한 여행길에서 좀머 씨가 걸었던 것처럼 그렇게 묵묵히 일만 했다. 아빠의 생은 삶의 한가운데에서 다짜고짜 마무리되었는데 실은 아빠의 죽음은 남아 있는 우리에게나 예기치 못했던 것일지도 모른다. 아빠는 종종 허무함에 대해 운을 띄웠기 때문이다. 삶의 허무는 당시 내게 감조차 잡히지 않는 너무나 무겁고 어려운 말이었다. '음 그런 게 있구나.' 전혀 내 것으로 다가오지 않는 말 같지 않은 말. 60세쯤 되면 먼 길을 떠날 거라는 말도 우스갯소리처럼 하던 아빠는 당시 나로서는 더더욱 이해할 수 없었다. 그런 아빠가 정말로 육십에 세상을 등졌다. 그제야 그가 남기고 간 노트 곳곳에 어지럽게 쏟아진 파편을 보고서 당신 삶의 허무를 짐작할 뿐이었다.

어느 날, 호수 속으로 뚜벅뚜벅 걸어 들어가는 좀머 씨를 발견한 아이는 주변 이에게 도움을 청하지도, 어떤 소리도 내지 않는다. 그를 만류하지 않는다. 좀머 씨가 실종되었다는 소식이 마을을 뒤덮을 때도 자신이 마지막으로 목격한 장면을 그 누구에게도 말하지 않는다. 아이는 제발 그냥 자신을 놔두라던 그의 선택을 존중한 행동일까? 아니면 전혀 이해되지 않는 다른 세계의 일처럼 느껴졌던 것일까? 모르긴 몰라도 아마 두 가지 다이지 않을까. 평생 무언가에 쫓기듯, 두려운 눈빛으로 온 마을을 거닐었던 좀머 씨는 솟구치는 물살 안으로 전진하고 전진해 들어갔다. 죽음을 향해 가는 그 끔찍한 장면이 이상하리만큼 읽는 내내 평온하게 느껴졌다. 그저 먼발치에서 바라보는 아이처럼 나도 그 페이지에 머물러 그의 죽음을 오래도록 쳐다보았다.

봄날처럼 따사로운 햇살이 내리쬐던 2021년 2월 어느 날. 그렇게 나도 여지없이 아빠를 보냈다. 아빠와 좀머 씨의 일생을 번갈아 보며 살아가는 동안 풀어가야 할 숙제를 대하는 자세에 대해 다시금 생각하게 된다. 삶은 관성의 법칙처럼 살아가는 대로 살아지고 또 살아지니까 사는 것이기도 하다. 누군가에게 삶은 희망, 누군가에겐 고행인 이 삶을 나는 어떻게 이어갈 것인지 고민하게 된다. 그들의 죽음을 두고 살아갈 길을 고심한다는 것은 잔인하지만 살아 있는 자의 몫이다. 이렇듯 산다는 것 그 몫을 해낼 뿐이다. 어차피 정답은 없다. 그 어떤 삶도 내 삶을 대신해서 설명할 수도 없기 때문이다. 당신 가는 길이 강물처럼 흘러서 부디 바람보다도 더 멀리 자유롭게 가길 바랐던 그날의 내 소망처럼, 흘러가는 대로 삶이 이끄는 대로 맡겨볼 뿐이다. 산다는 것이 무엇인지, 얼마나 많은 길을 걸어봐야 진정한 인생을 알지 그건 노랫말처럼 오직 바람만이 대답할 수 있을 것이다.

『좀머 씨 이야기』 파트리크 쥐스킨트 글, 유혜자 옮김, 열린책들, 2020

누구에게나 바람이 분다

이혜정

삶이라는 것이 평탄한 길을 걷는 것은 아니라는 것쯤은 누구나 알 것이다.

남들이 보는 나의 삶은 그저 평온해 보일지도 모른다. 그러나 내 안에는 끝없는 바람이 불어, 그 속에서 나는 끊임없이 흔들렸다.

나의 바람을 맞으며, 감정의 파도가 거세게 일던 그 순간, 나는 펄 벅의 『대지』를 만났다. 그 책을 통해 나의 마음은 새로운 세계로 안내되었다.

내가 『대지』를 만나게 된 것은 도서관에서 고전문학을 읽는 사람들로부터 시작된 호기심이었다. 그리고 그날 이후, 우리 집에 고전문학 전집이 자리를 잡았고 서서히 그 속으로 빠져들기 시작했다. 어찌하여 『대지』라는 작품에 마음을 빼앗겨 몇 번이나 읽고 또 읽었을까?

『대지』에 푹 빠져서 펄 벅 작가의 삶과 작품에 대해서 번역가 장왕록과 장영희 선생님의 이야기를 참 열심히도 찾아보았다. 인터넷도 되지 않던 그 시절에 말이다.

펄 벅의 『대지』를 처음 읽었던 중학교 시절, 그 책은 마치 흐르는 물처럼 내게 다가왔고 역사소설의 매혹에 빠져들어 시간 가는 줄 몰랐다. 대하드라마와도 같은 그 이야기 속에서 나는 자유로움을 느끼기도 했다. 그 이후 고등학생 시절, 나는 공부에 대한 무거운 짐을 잠시 내려놓고 책을 벗 삼아 시간을 보내기도 했었다. 그 책 속에는 나의 마음을 사로잡은 오란이라는 여인이 있었는데 그녀에게 화가 나서 한동안 혼자 씩씩거리며 책을 읽기도 했다.

그 여자의 답답함이, 묵묵함이 바보스럽다고 생각하며

나 혼자만 여성의 인권에 대해 의식 있는 사람처럼 행동하기도 했다. 글을 쓰며 다시 『대지』를 읽는데 이해할 수 없었던 시간에 대한 나의 철없던 반응들이 부끄러우면서도 재미있는 순간들로 떠오른다. 그럴 때가 있었다니….

그러나 30, 40대에 읽었던 『대지』는 이전과 다른 감동을 선사하였다. 나는 늘 왕룽보다, 그의 아내 오란에게 더욱 마음이 기울어진다. 그 속에서 나는 여성의 강인함과 애달픈 마음을 동시에 느낄 수 있었기 때문이다. 그만큼의 시간이 내게도 흘러서였을까? 무엇보다 호락호락하지 않은 삶에서 『대지』의 인물들이 전해주는 위로를 얻기도 하였다.

그녀의 힘겨운 삶의 무게가 나의 마음을 어루만져 주는 위로의 손길일 수도 있고, 시간에 모든 것을 맡긴 채 바람이 흘러가는 대로 살아가는 것이 인생의 위안일 수도 있었다.

그녀가 지키고자 했던 것은 무엇이었을까? 그녀의 인생을 휘감았던 바람은 어떤 것이었을까?

바람의 숨결은 각각 다른 감정으로 인해 다채롭게 다가온다. 오란의 인생도 역시 바람처럼 흘러갔다. 부잣집의 노예로 살았던 그녀에게 인생은 어쩌면 거칠고 험난한 여정이었을 것이다.

그 후, 왕룽을 만나 어려움 속에서도 희망을 품었을 것이며, 그 안에서도 작은 기쁨을 발견했을 것이다. 때로는 춤추는 바람을 따라 그 행복한 흐름에 몸을 맡기며, 오란의 바람은 계속해서 불었다.

왕룽이 대지를 이루는 과정에서 오란의 보이지 않는, 묵묵한 노력의 시간들이 있었다.

휘몰아치듯 불던 강풍, 이내 식어가는 땀방울 그리고 서늘하게 스치는 바람. 그러다가 더욱 거세게 몰아치는 칼바람들이 오란에게 흘러갔고 지나갔다.

오랜 시간을 보상받듯 갖게 된 진주 두 알은 오란에게 평온하고 따뜻한 바람이 아니었을까? 내 인생에서 진주 두 알의 평온함은 어떤 의미가 있을까 돌이켜 생각해 본다. 어쩌면, 나의 진주 두 알을 기다리는 시간은 아직 오지 않은 시간을 기다리는 희망일 수도 있을 것이다.

다양한 사람들의 삶처럼 바람의 종류도 제각각이다. 그 누구도 부드러운 산들바람만이 감싸지는 않을 것이다.

　나는 크고 작은 일이 매일 일어나는 일상들이 마치 바람에 흩어지는 꽃잎 같다고 생각된다.

　가끔 번아웃의 파도가 밀려와 혼자 감당하기 어려운 피로함이 나를 감싸면 나는 동굴 안으로 몸을 숨기고 머릿속의 생각들에 갇혀버린다. 그리고 그 속에서 끝없는 꼬리를 물고 이어지는 고민의 늪에 빠져버리기도 한다. 불어오는 바람을 맞을 엄두도 내지 못한 채.

　그렇게 고요한 듯 나만의 시간을 찾아 숨을 고르고 마음을 비워내면 그제야 바람을 느끼며 힐링을 얻는다.

　겨울 바다의 얼음 같은 차가움, 그리고 그 속에서 춤추는 바람의 숨결.

　고요한 호수의 그윽한 향기, 그리고 그 위를 스치는 뜨거운 열기.

　내게는 어떤 바람의 인생이 남아 있을까?

　어려운 순간, 시간은 그 모든 것을 해결해 줄 것이라는 속삭임을 따라 나는 잠시 멈춰 선다. 시간이 흐르듯 바람이 부는 대로 그저 견디노라면 평온함이 내 안을 감싸는 듯한 느낌이 든다. 그것은 마치 어두운 밤하늘의 별처럼, 내 마음을 어루만지며 힘을 주는 존재 같다.

나의 삶도 바람처럼 흘러가며, 그 속에서 시간을 호흡한다.

삶이 그대를 속일지라도
슬퍼하거나 노여워하지 말라
우울한 날을 견디면
믿으라, 기쁨의 날이 오리니

– 『삶이 그대를 속일지라도』, 알렉산드르 푸슈킨, 써네스트

내 인생 희로애락의 바람이 오늘도 분다. 힘들고 어려운 매서운 칼바람이 숨쉬기조차 버겁게 느껴질 때도 있지만 그럼에도 불구하고 삶이 의미 있는 건 흘러가는 시간에 대한 신뢰와 사랑으로 불어오는 바람을 맞이하는 마음 때문이 아닐까.

오늘도 바람은 분다. 잔잔하면서도 거세게, 그리고 부드럽게 나를 어루만진다.

그 바람을 따라, 나의 마음을 흐르는 시간 속으로 떠나보낸다.

그렇게 나는 또 성장하고 변한다. 인생의 바람을 맞으며.

『대지』, 펄 S. 벅 글, 장영희 옮김, 길산, 2014

때론 거세게, 때론 잔잔하게

홍창숙

휘몰아치는 강렬한 사랑이 불다

만남은 바람이다. 바람은 오랫동안 내 곁을 맴돌기도 하고 스쳐 지나가기도 한다. 바람이 그렇듯 인연은 언제나 이별을 예정하고 있다.

유한한 삶을 사는 인간에게 사랑만큼 강렬한 만남을 느끼게 하는 것이 있을까? 학창 시절 읽은 『폭풍의 언덕』은 제목처럼 읽는 내내 폭풍이 되어 내 마음을 온통 휘젓고

어지럽혔다. 선명하게 남은 감흥의 흔적은 자꾸 미련을 남겼다. 나는 읽고 또 읽었다. 물론 여러 번 읽은 이유 중 하나는 이해가 잘되지 않은 탓도 있었다. 무엇보다 인물들의 날 것 그대로의 사랑에 물아일체 되는 점이 매우 매력적이었다.

작품에 등장하는 언쇼 가는 '바람이 휘몰아치는 언덕'이라는 뜻의 저택 '워더링 하이츠'에서 지낸다. 폭풍이 휘몰아치는 날씨에 고스란히 노출된 집이다. 소설 속 주인공에게 큰 위험이 되는 사건을 암시하는 복선으로 거센 바람이 자주 사용된다. 읽었던 소설 중에 이토록 바람이 격정적으로 불어닥치는 느낌을 주는 작품은 없는 것 같다. 주인공 히스클리프는 거칠고 길들지 않은 야생마 같았다. 사랑하는 여인인 캐서린 언쇼에 집착하고 갈망하는 그의 사랑은 마력이 넘쳤다.

『폭풍의 언덕』은 『리어왕』, 『모비 딕』과 더불어 영문학의 3대 비극으로 꼽힐 만큼 훌륭한 작품이다. 이 책에서 바람은 비극의 분위기를 더욱 실감 나게 만든다. 바람은 굉장히 매혹적이다.

'위더링 하이츠'라는 택호처럼 히스클리프에게도 늘 맹렬한 바람이 휘몰아쳤다. 바람은 그가 죽고 나서야 멈췄다. 만남도 그렇지만 사랑도 바람처럼 스쳐 지나간다. 사랑은 갑자기 폭풍처럼 불어와 마음을 엉망진창으로 만들기도 하고, 때로는 살랑살랑 따뜻한 봄바람으로 와서 행복한 미소를 짓게 만든다.

히스클리프에게는 사랑이라는 바람이 평생 폭풍우처럼 몰아쳐 결국 불행한 결말을 맞이했다. 한편으로는 사랑이 바람이어서 다행이다 싶다. 큰 생채기를 남긴 사랑이 영원히 머물지 않고 언젠가는 지나가니 이 얼마나 감사한가. 바람은 지나간다.

나에게 봄바람이 불다

히스클리프에게 불었던 바람과 다르게 나에게는 봄바람처럼 따스하게 불어왔던 인연이 있다. 그 바람은 잠시 스쳤다가 사라져 버렸다. 너무 짧았기에 더 아름다운 추억으로 남아 있다.

젊음이 반짝였던 20대, 일본 오사카에서 1년간의 어학 연수를 마치고 대학교의 청강생으로 공부할 때였다. 집 부근에 단풍과 원숭이로 유명한 미노오 국립공원이 있었다. 당시 나는 미노오 관광호텔의 푸드코트에서 아르바이트를 하였다. 여러 가지 음식을 파는 식당들이 모여 있었는데, 내가 일했던 곳은 어묵 가게였다. 어묵과 간단한 덮밥을 같이 팔았다. 나는 재료를 준비하거나, 주문을 받아 어묵을 그릇에 담아주는 일을 하였다. 또 손님들이 먹고 간 그릇을 수거해서 설거지도 했다.

어묵 가게 사장님은 당시 50대 초반의 일본인이었다. 나는 푸드코트 안의 유일한 외국인이었다. 사장님은 외국인인 나에게 다양한 일본 음식을 맛보게 해주기 위해 매일 다른 메뉴의 음식과 맛난 음료수까지 풀코스로 사주셨다. 사모님은 가끔 가게에 오실 때마다 손수 일본 가정 음식을 해오셨다. 그중 향이 솔솔 났던 송이버섯으로 만든 밥이 가장 기억에 남는다. 어묵 가게에는 일본인 아르

바이트생들도 있었지만, 유난히 나를 챙기셨다. 그런 모습을 보고 손님들은 나를 사장님 딸이라고 오해하는 일도 종종 발생했다. 인정 많은 사장님 부부 덕분에 일본에서 행복한 시간을 보낼 수 있었다.

그러나 그분들의 호의에도 불구하고 그만 향수병에 걸리고 말았다. 지나가다 한글로 되어 있는 간판만 보아도 눈물이 났다. 한국이 미치도록 그리웠다.

'내가 왜 일본에 있을까? 시간 낭비하고 있는 것은 아닐까?'

어학원에서 함께 공부했던 동급생들은 대학교에 진학했거나 한국으로 돌아갔다. 나는 대학교 진학을 목표로 온 것도 아니었다. 그렇다고 계속 어학원에 다니기엔 학비가 너무 부담되었다. 그래서 차선책으로 결정한 것이 대학교의 청강생으로 입학하는 것이었다. 정식 대학교 입학은 아니지만 학생 비자를 받을 수 있었다. 학비도 수강한 과목만 내서 상대적으로 저렴했다.

하지만 목표가 없는 외국 생활은 이내 향수병을 가져왔

다. 나만 목적 없이 일본에서 허송세월하는 것 같았다. 향수병이 심해져서 한국을 생각하며 날마다 울었다. 결국 유학을 중도 포기하고 한국으로 돌아가기로 했다.

"홍상, 한국에는 왜 돌아가?"

"일본에서 일본 남자 만나 결혼해서 살아."

"한국 가면 못 먹고 고생만 하니 한국 가지 마."

어묵 가게 사장님과 사모님은 한국으로 돌아가겠다는 나를 말리셨다. 한국이 마치 아프리카 빈민국처럼 못 먹고 힘들게 사는 줄로 알고 계셨다. 그러나 그분들의 걱정을 뒤로 한 채 한국으로 돌아왔다. 그리고 향수병은 한국에 오자마자 사라졌다.

한국에 와서 이른 시일 내 어묵 가게에 인사하러 가야겠다고 생각했다. 하지만 어느새 20년이 훌쩍 지나버렸다. 그분들을 한시도 잊어버린 적은 없지만, 먹고사느라 한 번도 가지 못했다. 항상 마음속에는 어묵 가게 사장님의 은혜에 보답하지 못한 죄송함이 무거운 돌덩이처럼 자리 잡고 있다.

봄바람처럼 내 몸을 녹이고 따뜻한 온기를 불어넣어 주었던 어묵 가게 사장님과 다시 인연의 바람이 불 수 있을까? 지금도 어묵 가게에서 사장님이 환하게 웃으며 "홍상!"이라고 불러줄 것만 같다.

"사장님, 제가 다시 찾아갈 때까지 건강하게 계세요. 감사합니다."

『폭풍의 언덕』, 에밀리 브론테 글, 이신 옮김, 앤의서재, 2024

Chapter 3.

비가 내리던 어느 날

엄마, 나의 엄마

김경은

『신은 모든 곳에 있을 수 없기에 어머니를 만들었다』라는 류시화, 정채봉의 책 제목이 떠오른다. 어머니는 신을 대신하는 존재로 나를 돌봐주신다는 의미이다.

나에게 엄마는 어떤 존재일까? 나에게 엄마는 광활한 우주였다. '엄마'라는 말 속에는 나의 추억과 감정, 삶의 의미가 고스란히 담겨 있다. 지금은 나에게 이런 신도 우주도 사라졌다.

우리 엄마는 80세 무렵 방광암 말기로 투병 생활을 하시다가 돌아가셨다. 암이 의심된다고 큰 병원 가서 진료를 받아보라는 말을 들은 것이 2021년 5월 말쯤이다. 대학병원으로 옮겨 정밀검사를 시작했다. 온 가족이 암이 아니기를 간절히 바랐지만, 방광암 말기 판정을 받았다. 팔십 평생을 병원과는 담을 쌓고 살아온 엄마는 검사를 위한 입원 기간에도 답답해하시며 집에 가고 싶다고 말씀하셨다.

병간호를 할 수 있는 언니 집에서 가까운 대학병원으로 엄마를 옮겼다. 그런데 당시 코로나가 온 국민을 불안의 위기로 몰아 병원을 드나드는 것조차 쉽지 않을 때였다. 병원에 들어갈 때마다 코로나 PCR 검사를 해서 음성결과가 있어야 했고, 간호하는 보호자 외에는 면회가 일절 금지되었다. 통합간호 병동에 입원했지만, 검사와 치료는 주로 평일에 있어 언니가 힘든 일은 맡아 했다. 사실언니도 난소암 환자라 항암치료 중에 있어 평일 간호 교대를 해주어야 했지만, 하루 이틀 간호를 위해 매번 코로나검사를 받고 교대하기란 쉽지 않았다. 간병인을 쓰자고 했지만 한평생 자식들 때문에 고생만 하신 엄마를 다른 사람

손에 맡기고 싶지 않다는 것이 언니 생각이었다. 그래서 주로 평일은 언니가, 주말에는 내가 엄마와 함께 있었다.

나는 토요일 아침 일찍 엄마가 입원해 있는 병원에 갔다. 도착해서는 엄마 식사 준비와 간식 정도 챙겨드리는 일 말고는 딱히 해줄 것이 없었다. 그래서 병실에서 평소 읽고 싶었던 책도 읽고, 휴게실에서 줌으로 독서 모임도 하고, 수업 준비도 했다. 주말 집에서 책 좀 보려고 하면 식구들 밥 챙겨줘야 하고, 빨래와 청소, 집안일까지… 공부에 집중하기 어려웠다. 여기서는 다 하고 시간이 남아 낮잠도 잘 수 있었다. 가끔 엄마가 답답해하시면 휠체어를 타고 엄마는 녹차라테, 나는 커피를 사서 병원 산책도 했다. 나에게는 꿀 같은 주말 휴식이었다.

그렇게 하루하루가 지나 일주일이 가고 한 달이 지나갔다. 가을 끝자락 주말 아침 나는 다시 엄마를 찾았다. 이번 주에는 할 일이 많았다. 초등학교 독서 수업 들어가는 계획안도 바꿔야 하고, 대학원 리포트를 써야 해서 읽어야 할 논문도 많았다. 노트북을 켜고 열심히 자료를 찾아 읽고 있었다. 그렇게 한참을 하다가 엄마를 보니 엄마는 나를 물끄러미 바라보고 계셨다. "엄마, 심심해? 산책하러 갈까?"라고 물으니 "아니, 어서 공부해."라고 하신다. 나는 정말 열심히 했다. 그때는 정말 그래도 되는 줄 알았다.

겨울을 알리는 찬 바람이 부는 어느 일요일 늦은 오후, "엄마, 나 갈게. 밤에 잘 자고 내일 아침 언니가 올 거야. 나는 이번 주말에 다시 올게."라고 엄마를 끌어안으며 인사를 했다. 엄마는 고개만 끄덕이시고 아무 말 없이 눈물을 흘리셨다. 나도 울면서 다음 주를 기약하며 집을 향해 무거운 발걸음을 옮겼다.

언니 전화를 받았다. 이번 주는 좀 일찍 와 주면 안 되겠냐고. 지난주는 대학원 기말 리포트 때문에 못 가서 '언니가 아주 힘들었나'보다 싶어 목요일 오전 서둘러서 과제를 제출하고 금요일 학원 수업을 모두 휴강하고 다시 엄마를 찾았다. 엄마는 코에 산소 호흡기를 달고 검지에는 맥박 뛰는 소리를 알려주는 측정기를 꽂고 있었다. 또 손은 퉁퉁 부어 어디가 마디인지 구분조차 어려웠다. "엄마, 나 왔어."라고 말해도 젖어 있는 두 눈만 깜빡였다. 이 주전 엄마 모습과는 너무 다르고 낯설어 말문이 막혀 왔다.

깨끗한 수건을 적셔 엄마를 닦아드리기 시작했다. 입안은 말라 혀는 붓고 갈라져 있고, 열 손가락 마디는 통증에 시달려 난 상처로 딱지가 져 있었다. 눈물이 비가 되어 쏟아졌다. '내가 몰랐던 것일까? 알면서도 모르는 체했던 것일까?' 스스로 자책하며 그렇게 엄마를 조심스럽게 닦아드리고 상처에 약을 발라 드렸다. 그 후 10분도 채 안 됐을 무렵 엄마의 맥박과 혈압이 점점 떨어지기 시작했다. 너무 놀라 간호사 선생님을 불렀다. 엄마 침대를 간호사실 옆방으로 옮겼고 의사 선생님께서 다녀가고 나서야 엄마는 조금씩 안정을 찾았다. 크게 숨을 쉬고 언니에게 전화했다. 언니는 이런 위기가 그동안에도 있었지만, 곧 괜찮아졌으니 놀라지 말고, 밥도 먹고 기운 차려야 한다고 나를 안심시켰다. 시계를 보니 저녁 8시가 훌쩍 넘어가고 있었다. 병실에는 다 식은 저녁밥이 놓여 있었다. '정신 차리자. 내가 정신 차려야 한다.'라고 다짐하며 밥을 먹고 세수를 했다.

다시 엄마 곁으로 돌아가 손 싸개에 쓸려 상처투성이인

엄마 손을 잡고 나태주 시인의 시집 『꽃을 보듯 너를 본다』를 읽어 드렸다.

보고 싶었다
많이 생각났다

그러면서도 끝까지
남겨두는 말은
사랑한다
너를 사랑한다

– 『꽃을 보듯 너를 본다』의 「그 말」일부, 나태주, 지혜

한 구절 한 구절 읽을 때마다 창밖에 내리는 겨울비보다 내 눈에 비가 더 세차게 내렸다. 그렇게 그날 밤 엄마의 심장도 한줄기 비처럼 소리 없이 흘러내렸다.

엄마는 나를 기다렸다. 언니에게는 "바쁜 애 부르지 마라."라고 하면서도 하루하루 힘겹게 고통을 참아가면서 내가 오기만을 기다렸다. 나의 목소리, 나의 손길을 느끼고, 내가 밥을 먹고 씻고 돌아오기를 또 기다렸다. 용서할 수가 없다. '공부' 그게 뭐라고 엄마와 마지막이 될 그 소중한 시간을 나는 그렇게 보내고 말았을까. "엄마 미안해. 정말 미안해 엄마. 미안해…." 수천 번을 울부짖어도 나는 나를 용서할 수가 없다.

　그림책 『나의 엄마』에 쓰인 단어는 "맘마."로 시작해서 "엄마."라는 말만 끝까지 반복된다. 어려서 '맘마'를 말하던 아기는 '엄마'라는 말을 배운 후로 기쁠 때, 무서울 때, 배고플 때, 슬플 때, 화가 날 때…. 언제나 '엄마'를 부른다. 결혼 후에도 엄마와 산책도 하고 텔레비전도 같이 본다. 그리고 엄마가 병으로 돌아가시는 순간에도 딸은 울면서 '엄마'를 부른다. 엄마와 딸의 이런 평생의 관계는 어린 내 딸아이가 치맛자락을 잡으며 "맘마."로 또 다른 시작을 알린다.

　엄마는 영원히 나의 엄마의 모습으로 그대로 내 마음속에 새겨져 있다. 다시 그림책을 읽으면서 그 이름을 나지막이 불러본다. "엄마…. 나의 엄마."

『나의 엄마』 강경수 글그림, 그림책공작소, 2016

우산이 되어주는 어른

손지민

    예보도 없이 갑자기 내리는 비를 피하려고 서 있는데, 슬며시 우산을 씌워주는 누군가의 따듯한 마음을 느껴본 적이 있다. 덕분에 비를 피할 수 있다는 안도감과 함께 왠지 비를 맞아도 될 것 같은 용기도 생기는 날이었다.

    그렇게 우산을 씌워주고 싶은 아이가 있다. 파리누쉬 사니이의 소설 『목소리를 삼킨 아이』의 주인공 샤허브이다. 샤허브는 말을 할 수 없는 아이다. 인지적인 문제가 아니라 선택적 함구증이라고 하는 것이 맞을 것이다. 샤허브는 엄마와 아빠, 아라쉬 형 그리고 동생과 함께 살지만, 아라쉬 형같이 착하고 똑똑한 아들만 아빠의 아들이라고 믿는다. 자신의 존재를 인정해 주지 않는 아빠를 아라쉬네 아빠라고 부르게 된다. 벙어리라고 놀림당하는 자기를 아빠가 원치 않는다고 느끼고는 더는 상처받기 싫어서 목소리를 더 삼키게 된 것이다. 소설을 읽는 동안 아빠를 그렇게 부를 수밖에 없는 샤허브의 슬픔이 고스란히 느껴져서 읽는 내내 마음이 먹먹했다. 누구에게나 어른을 이해할 수 없던 어린 시절이 있으니까. 그 시간을 샤허브와 함께 떠올리게 된다.

아이들은 부모의 언어와 어른들의 기대를 따라 행동하며 유년 시절을 보내게 된다. 나의 유년 시절을 떠올려 봐도 그랬다. 내가 동생을 잘 돌봐주면 엄마가 기뻐하고 글씨를 반듯하게 쓰면 아빠가 기뻐하셨다. 그런 모습을 보면 내 존재가 칭찬받는 것 같고 인정받는 뿌듯한 마음이 들어서 주위 어른들의 기대에 더 부응하려고 노력했다. 그렇게 어른들의 행복한 표정과 긍정적인 언어는 나를 올곧게 성장하도록 이끌었다.

하지만 샤허브는 자신이 어떤 착한 행동을 해도 칭찬해 줄 어른이 없다고 느꼈을까, 아니면 스스로에 대한 기대가 무너진 걸까. 어른들을 기쁘게 할 행동을 하지 않은 채 오히려 말썽을 부리거나 화를 내는 것으로 이해받지 못하고 있는 자신을 표현해 버린다. 그러면서 샤허브와 가족의 소통은 점점 어려워진다. 샤허브는 말을 더 깊은 곳으로 삼키며 반항과 폭력으로 사랑받고자 하는 마음을 더 절실히 표현했지만, 그것을 알아채고 따뜻한 마음으로 보듬어 주는 어른은 보이지 않았다.

샤허브의 부모는 아이가 말할 수 있도록 병원을 데려가고 노력을 다하지만, 아무런 반응이 없는 그를 보며 슬퍼하고 답답해할 뿐 제대로 사랑을 표현할 줄 모른다. 샤허브의 외할머니 비비는 슬퍼하고 걱정만 하는 모습을 보고 엄마 마리얌에게 말한다. 샤허브에게 보여주는 건 걱정이지 사랑이 아니라고. 아이의 존재 자체를 인정하고 기뻐하는 모습이 보이지 않는다고 말이다.

샤허브를 가족 중 가장 이해해 주는 엄마지만 힘겨운 현실에 심신이 너무 지쳐 있었다. 그녀의 하루하루는 샤허브에 대한 걱정과 아이들 양육의 고단함, 원활하지 못한 남편과의 소통에서 오는 외로움과 좌절로 채워지고 있었다. 마리얌은 행복한 모습을 보여주지 않았고 샤허브를 사랑하는 마음을 걱정과 불안이라는 방법으로 표현하고 있었다. 이런 딸에게 말하는 비비 할머니의 말은 내게도 아이를 키우고 있는 시간을 불러온다.

아이가 태어나던 날. 모든 생명은 기적이라는 것을, 존재만으로 빛난다는 의미를 알게 해준 날이었다. 모든 게 처음이라 서툴고 실수투성이여도 사랑하는 마음 하나면 다 될 줄 알았던 날들. 나 역시 아이를 잘 키우고 싶은 마음이 커질수록 불안도 함께 커졌다. 완벽하게 좋은 것만 주고 싶은 마음과 함께 커지는 걱정과 불안이 나를 사로잡았던 때. 움켜쥔 걱정과 불안을 숨긴 채 아이에게 주고 싶은 아름다운 세상의 규칙과 방법만을 알려주려 애쓰던 날들이 있었다.

아라쉬 형처럼 훌쩍 자란 아이는 어느 날 말했다. "엄마, 모범생처럼 살았던 게 잘한 걸까요? 엄마가 알려준

대로 하면 다 괜찮을 줄 알았는데요. 세상 속에서는 다 정해진 대로 되지 않아요." 부모의 틀을 깨고 성장하려는 아이의 말에 기쁨과 상실감이 교차하였던 날. 온전한 자기를 찾아가려는 아이를 꼬옥 안아준 그날 이후, 아름답게 포장한 세상의 이야기는 이제 유효기간이 다 되었음을 느꼈다. 아이가 성장하는 만큼 부모도 그만큼 성장하듯이, 솔직하게 마음을 나눠 주는 아이 덕분에 서로의 환상에서 벗어나서 부모 자녀 관계에서 새로운 정체성을 찾는 계기가 되었다. 샤허브처럼 부모의 걱정과 불안은 아이에게 지진만 주고 숨게 만들어 버리니까. 불안을 잠재우고 아이를 믿고 기다리며 응원하는 수용체로서, 격려하고 지켜보는 부모의 역할만이 남아 있었다.

앞으로는 아이가 직접 세상 속에서 부딪치며 자신만의 방법을 찾아나가기를. 밝은 빛의 방향으로 나아가기를. 아이가 자신만의 신화를 살아내기를 바란다. 온 마음으로 사랑을 전하며.

"책을 아무리 본다고 그 속에 아이를 제대로 키우는 게 들어있지 않고, 다정하고 사랑으로 키워야 한다고. 아이한테 따뜻하게 대하렴."

– 『목소리를 삼킨 아이』, 파리누쉬 사니이, 북레시피

비비 할머니의 말을 또 한 번 되새겨본다. 아이에게는 부모의 사랑만으로 충분하다는 것을 샤허브 아빠는 뒤늦게 깨달았다. 아이에게 미안함을 표현하는 연설 장면에서. 사랑을 제대로 표현하지 못해서 상처받은 부모와 자녀의 마음 모두를 토닥여 주고 싶었다. 부모 안에 내면의 아이는 언제쯤 온전한 어른으로 성장하여 서로 상처를 주고받지 않을 수 있을까. 우리가 부모라면 지금 나의 감정이 어디에서 온 것인지 자신에게 수많은 질문을 해야 한다. 내가 자신에게 던져야 할 질문을 아이에게 던지고 그 답을 찾으려 헤매지 않도록 살펴보아야 한다. 언제나 늦은 때는 없다. 미안함은 접어두고 더 많이 웃어주고 안아주기를. 어쩌면 아이에게 제일 필요한 것은 부모의 웃는 모습만으로도 충분할지 모른다.

샤허브에게 우산을 씌워준 건 외할머니 비비였다. 비비 할머니는 샤허브에게 말을 하라고 강요하지 않았다. 아이의 삶을 어떠한 방향으로 조종하는 대신에 매일 같이 책을 읽어주고 대화를 이어갔다. 아이의 화난 마음에 진심으로 공감해 주며 함께 아빠 나세르에 대한 분노를 잘 표현하게 해주었기 때문에 아이의 부정적인 마음은 긍정적인 마음과 통합될 수 있었다. 아이의 어떤 행동도 무조건 수용해 주고 믿어주었던 비비 할머니 덕분에 샤허브는 말도 하게 되고 숨어 있던 예술성까지도 발견하게 된다. 비비 할머니는 샤허브에게 불안과 걱정이 아닌 따스한 사랑을 주었다. 아이의 때에 맞춰서.

내게도 비비 할머니 같은 어른이 있었다. 초등학교 3학년 담임 선생님. 언제나 단정한 투피스 옷차림과 아이들에게 미소를 지어주시던 선생님의 모습이 생각난다. 나는 어릴 적 얌전하고 수줍음이 많아서 목소리가 작았다. 어른들은 내가 작은 소리로 말하면 큰 소리로 말해야 한다고, 수줍음이 많아서 어떡하느냐고 걱정하곤 하셨다. 하지만 선생님은 언제나 내 작은 목소리에도 귀를 쫑긋 세우며 들어주시고 온화한 미소로 쓰다듬어 주셨다. 따뜻한 선생님은 참 닮고 싶은 어른이었다. 그런 선생님이 좋아서, 내일은 학교 가서 선생님에게 무슨 말을 할지 매일 즐거운 고민을 하며 책을 읽어갔다. 그 덕분일까. 지금은 누구에게나 이야기 잘하고 잘 들어주는 어른이 되어 있다.

선생님과 함께 한 기억 중에 학교에서 다친 사고가 있던 날. 엄마에게 양해를 구하시면서까지 집과 병원으로 일주일 넘게 데려다주시던 시간이 있다. 길 위에서 오가던 포근한 사랑 덕분에 얼굴에는 어떤 흉터도 남지 않았고 장난스러운 남학생 친구에게 미운 마음도 들지 않았다. 마음까지도 잘 치료해 주신 선생님을 보며, 선생님 같은 따뜻한 어른이 되고 싶은 꿈을 꿀 수 있었다. 어떤 이야기에도 애쓰는 마음을 토닥여 주시고 지금 잘하고 있다고 말씀해 주신 선생님. 나를 향한 그런 선생님의 믿음은 소나기가 와도 언제든 준비된 든든한 우산이 되어 있다.

'보고 싶은 선생님, 저 기억해요! 목소리를 삼키지 않게 비비 할머니처럼 따뜻하게 들어주신 선생님을요. 갑자기 비가 와도 우산이 되어주었던 선생님처럼 저와 함께하는 아이들에게도 그런 어른이 되어주고 싶어요.' 들어주는 어른, 우산이 되어주는 어른이 더 많아지는 세상을 꿈꿔 본다.

『목소리를 삼킨 아이』 파리누쉬 사니이 글, 양미래 옮김, 북레시피, 2020

삶은 살수록 순례입니다

유현숙

책의 저자인 '마틴 슐레스케'는 독일의 바이올린 마이스터다. 그는 바이올린 제작 과정을 통해 삶에 대한 통찰을 적고 있는데, 마치 수도자가 쓴 책처럼 경건하게 읽힌다. 더불어 글과 어울리는 흑백의 사진은 '도나타 벤더스'라는 사진가의 작품인데, 우리에게 잘 알려진 독일 감독 '빔 벤더스'가 그녀의 남편이라고 한다. 빔 벤더스의 〈베를린 천사의 시〉도 흑백 화면이 인상 깊었던 아름다운 영화로 기억에 남아 있다.

내가 이 책을 다시 읽게 된 것은 아들의 자퇴 소식을 듣고서였다. 지난여름, 'ㅅ초등학교' 선생님의 안타까운 소식을 뉴스로 들었을 때부터 불안이 나를 휩쓸기 시작했다. 불안은 현실로 나타났고 나는 어찌할 바를 몰랐었다. 그러나 곧 인정할 수밖에 없었다. 올 것이 왔구나…. 자신의 모교에서 자기 후배가 안타까운 선택을 했을 때, 가까이에서 지켜봤을 아들과 동료들의 마음이 어땠을지 함부로 가늠할 수 없었다. 아들은 원래도 진로와 적성에 대해 고민이 많았다. 감히 생각할 수도 없는 아픔의 시간을 통과하며 내렸을 아들의 선택에 아무 말도 할 수 없었다.

처음엔 조금만 있으면 곧 졸업인데, 졸업을 하고 다른 길을 찾을 수도 있지 않을까, 대학원에 가거나 전공을 다른 방향으로 해도 좋지 않을까 하는 아쉬움도 있었다. 그러나 다시 생각해 보면 우리에게 그런 여지를 주지 않기 위해 자퇴라는 초강수를 둔 것이 아닌가 이해되기도 했다.

생각만 해도 눈물이 나오고 가슴이 먹먹했던 그 가을을 이 책을 읽으며 하루하루를 보냈다. 한꺼번에 먹지 말고, 조금씩 음미하며 먹으라는 듯이 짧게 쓰인 하루치씩의 글들은 마음에 울림을 주며 자꾸만 책을 덮고 묵상하게 했다.

"지지대에서 몇 년 만에 서둘러 자란 나무는 고지대에서 2~3백 년 넘는 세월 동안 서서히 자란 가문비나무와 견줄 것이 못 됩니다. (중략) 수목 한계선 바로 아래의 척박한 환경은 가문비나무가 생존하는 데는 고난이지만, 울림에는 축복입니다. 메마른 땅이라는 위기를 통해 나무들이 아주 단단해지니까요. 바로 이런 목재가 울림의 소명을 받습니다."

— 『가문비나무의 노래』, 마틴 슐레스키, 니케북스

나무가 이럴진대 하물며 사람이랴. 울림이 좋은 악기가 되기 위해 몸부림치며 치솟는 가문비나무를 상상하며, 우리의 아이들도 그렇게 단단하게 자라기를 기도했다.

지난 피정 때 읽은 이현주 시인의 『뿌리가 나무에게』라는 시가 생각난다.

네가 여린 싹으로 터서 땅속 어둠을 뚫고
태양을 향해 마침내 위로 오를 때
나는 오직 아래로
아래로 눈먼 손 뻗어 어둠을 헤치며 내려만 갔다
(중략)
어느 날 네가 사나운 비바람 맞으며
가지가 찢어지고 뒤틀려 신음할 때
나는 너를 위하여 오직 안타까운 마음일 뿐이었으나,
나는 믿었다.
내가 이 어둠을 온몸으로 부둥켜안고 있는 한
너는 쓰러지지 않으리라고

    살수록 삶은 순례라는 말에 공감한다. 특히 어미의 삶
이란 기도하는 삶이 아닐까. 가문비나무에 내리는 비는
기도의 눈물이 아닐런지. 나중에 돌아볼 때 삶을 가치 있
게 하는 것은 우리가 보낸 세월의 양이 아니라, 얼마나 충
만한 시간을 보냈느냐 하는 것이라고 저자는 말한다. 특
별한 의미가 담긴 '카이로스'의 시간. 우리가 경험하는 고
통 가운데 많은 것은 성장통이라고 한다. 울림이 큰 나무

가 되기 위해 성장통을 겪고 있는 우리 모두를 응원한다.

"나는 살아가는 동안 기막히고 실망스럽고 어려운 시기가 닥치는 것을 기꺼이 받아들이려 합니다. 성숙한 믿음은 신을 신뢰하는 것뿐 아니라, 그의 신비 앞에 머리 숙일 줄 아는 것입니다. 삶이 자기가 원하는 대로만 흘러가지 않을 수도 있음을 알고, 그것을 인정하는 것이 바로 신을 향한 경외입니다."

– 『가문비나무의 노래』, 마틴 슐레스키, 니케북스

오늘도 마음에 새긴다.

『가문비나무의 노래』, 마틴 슐레스키 글, 유영미 옮김, 니케북스, 2014

사랑했지만 결코 사랑하지 않았던

이주연

'비'는 영화에서 사랑을 그릴 때 많이 사용되는 장치다. 사랑의 시작을 맞이할 때나 연인의 헤어짐을 암시할 때도 비 내리는 장면은 단골손님처럼 등장한다. 비 내리는 대학 캠퍼스를 우산 없이 달리는 영화 〈클래식〉에서 지혜와 상민의 장면은 마치 한 편의 뮤직비디오 같은 아름다운 그림을 연출한다. 또, 영화 〈헤어질 결심〉에서 사찰에서의 해준과 서래의 위험하고도 아슬아슬했던 그렇지만 황홀했던 장면이 그렇다. 이 외에도 영화 〈동감〉, 〈화양연화〉, 〈8월의 크리스마스〉, 〈어바웃 타임〉… 하나하나 다

나열하지 못할 만큼 다양한 형태의 연인들 모습이 비 내리는 날과 어우러지면서 더욱 극적으로 그려진다.

추적추적 내리는 비는 메말랐던 감성마저 적신다. 비는 우리의 온 감각을 살아나게 한다. 눈으론 창문을 톡톡 두드리는 물방울을 보고, 귀로는 우산에 타닥타닥 떨어지는 빗소리를 듣고, 또 코로는 진한 자연의 향을 느낀다. 비 내리는 날 더욱 감상에 젖어 들 수밖에 없는 것이다. 비가 세차게 내린 날의 정취는 절로 저마다 사랑의 역사를 떠올리게 만든다. 떨어지는 비를 가만 바라보고 있자면 마음이 차분히 가라앉으면서 단숨에 우리 인생의 한 페이지로 타임슬립 하게 된다.

그렇게 인생의 찰나와도 같은 영원의 순간에 불시착한다. 사랑이라는 감정은 강렬해서 한순간을 영원으로 만든다. 누군가에겐 치열하게 사랑했던 날일 테고 누군가에겐 황홀했던 꿈날 같던 그때로 되돌아간다. 한때 나도 사랑만이 유일한 구원의 길이라 여기며 사랑한다는 것에 대한 환상을 남몰래 품고 키워냈다. 지나고 보니 더 짧게만 느껴지는 치기 어린 내 순수한 사랑은 아름답고 예쁘지만은 않았다. 오히려 그 반대였다. 아프고 날카롭고 고달프고 때론 처절했다. 순수한 만큼 서툴렀고 서툰 만큼 지질했던 그때 나는 요령 없이 사랑했다.

여지없이 사랑하기에 여념 없던 때 문득 두려워졌다. 그칠 생각 없이 퍼붓는 비처럼 이러다 사랑에 잠식되어 버릴지도 모른다는 위구심이 급습했다. 이러다 완전히 잠겨버리겠다고, 아니 이미 잠겨버린 채로 어딘가를 표류하고 있는 것일지도 모른다는 두려움이었다. 이 생각은 내 삶을 뿌리째 흔들었다. 내 사랑에 대한 의심은 걷잡을 수 없이 커졌고 사랑이라는 실체 없음에 난 무엇을 믿고 이토록 매달렸는가 허무해졌다. 내가 중요하게 여겼던 사랑이란 걸 하느라 애쓴 만큼 나를 차츰 잃어갔던 것이다. 나를 상실한다는 것은 두려움에 사로잡힌 얼굴을 날마다 마주해야 하는 엄벌에 시달리게 했다. 나를 잃고 온 에너지를 상대의 말과 행동에 집중시킨 관계는 나를 피폐하게 만들었다. 사소한 말 한마디에 서운해졌고 그 토라짐과 실망감은 우리 관계에 서서히 금을 냈다. 언제나 나보다 상대가 먼저라 여겼지만 아이러니하게도 관계의 중심에 늘 나를 우선으로 여겼다. 나는 미성숙하고도 과잉된 자아로 여지없이 사랑 앞에서 무너졌다.

내가 사랑할 때 가장 하기 어렵고, 할 수 없었던 일은 진짜 '나'를 드러내는 것이었다. 나는 상대의 모든 내밀한 것을 알고 싶어 했고 또 보듬을 수 있을 거라 착각했다. 그러나 정작 내 모든 패를 다 보여주는 것은 허락되지 않았다. 백번이고 시뮬레이션을 돌려보아도 온전치 않은 내 모습을 여과 없이 드러낸다는 건 있을 수 없는 일이었다. 포장지를 뜯은 내 모습을 본 상대의 당혹감이 예외 없이 먼저 그려졌다. 그가 나를 알게 된다면 저 멀리 떠나버릴 것만 같았다. 내가 만든 환상 속 사랑을 구현하고 싶어 검열하고 또 검열하기에 급급했다. 그 검열의 대상은 언제나 나 자신이었다. 이것도, 저것도 다 부족한, 내가 사랑하는 사람에게 맞지 않은 내 모습만 확대경에 비춘 듯 크게 느껴졌다. 정작 나는 나 자신을 사랑하지 않았다.

해야 할 말을 하지 못했다. 끊임없이 사랑을 확인받고 싶었으나 사람에 대한 불신이 내 마음의 거리감을 만들었고 딱 그만큼만 가까워지길 원했다. 나조차 믿지 못하는 사람이 타인을 믿는다는 건 있을 수 없는 일이었다는 걸 그땐 몰랐다. 그러면서 말하지 않아도 이해해 주길 원했고 내가 느낄 서운함을 나보다 더 민첩하게 알아채길 원했다. 연인이라는 이름 아래 표면적으론 사랑에 몰두하고 있는 것처럼 보였으나 언제나 사랑은 내 것이 아니었다. 모두를 속일 순 있어도 나 자신을 속일 순 없었고 결국 내가 만든 허상에 내가 무너져 버린 것이 지나온 사랑의 형태였다.

돌이켜보니 내가 알고 있는 상대의 모습은 고작해야 좋아하는 아티스트, 자주 먹던 음식, 친했던 친구 정도였다. 상대에 대해 남들보다 내가 더 많이 알고 있다는 것이 내게 안도감을 주었다. 상대의 정보를 하나씩 취합해 나갈수록 사랑에도 수치가 있다면 그 지표를 올려주는 것이라 여겼던 걸지도 모르겠다. 진짜 상대를 알고 사랑을 한다는 건 그런 정보 따위가 아니었다. 그 사람을 진정으로 알

앉더라면 아마 헤어질 수 없었을 것이다. 지금껏 나는 누군가를 사랑했지만, 절대 사랑하지 않았다.

『사랑의 몽타주』는 사랑을 해본 사람이라면 겪음 직한 사랑의 환희, 설렘, 충만함, 안도 그만큼의 불안과 초조 그리고 혼란스러운 사랑의 민낯까지 담담히 풀어낸다. 청춘 멜로 드라마처럼 낭만적이지만은 않은 이 사랑의 이야기가 그래서 더 내 것과 같이 느껴졌다. 최유수 작가의 사랑에 대한 단상은 아무도 내게 말해주지 않은 사랑을 성찰하게 했다. '누군가를 사랑한다는 것은, 그 사람으로 하여금 나의 바닥을 매만질 수 있도록 허락하는 것이다.' 사랑의 힘으로 자아의 우물을 파내는 일. 그러는 동안 불안이 마구 차올라도, 사랑은 나의 심연을 들여다보게 한다는 문장은 한참이고 나를 멍하게 만들었다. 그리고 마침내 지난 사랑의 마침표를 찍을 용기를 가지게 해주었다.

그렇게 몇 차례의 사랑에 깨진 뒤에야 타인이 아닌 나에게 집중하는 시간을 보내게 되었다. 그러는 사이 비로소 허접하고 때론 못돼 먹은 내 모습을 가감 없이 보여줘도 괜찮은 사람을 만났다. 비 내리는 날, 여느 영화 못지 않은 장면을 몇 차례 만든 후에 그와 나는 결혼했다. 물론 그동안 사랑에 서툴렀던 내가 환골탈태한 여자 주인공처럼 180도 달라질 수 없었기에 몇 번의 위기가 있었다. 그럼에도 남편과 나는 우리라는 이름 아래 서로에게 이탈할 계획 없이 잘 지내고 있다. 인연인지, 운명인지 나는 그의 손을 놓지 않았고, 그는 나의 손을 꼭 쥐었다. 이로써 우리 사랑의 결실인 아이를 낳았다. 혼자이길 자처했던 과거는 어느새 어디론가 사라지고 없다. 원래 내 것인 것처럼 이젠 내 곁에 사랑만이 언제나 존재할 거라는 막연한 확신을 한다. 언제 물들어 버렸는지 꽤 안정감을 얻은 내 모습이 익숙하기까지 하다.

한데 내 사랑의 정체, 지금 내 사랑의 몽타주는 어떤 표정을 지니고 있을지 설명하기란 간단치 않다. 사랑에 전전긍긍하던 시절이 지나간 지금 내 사랑의 모양은 어떤 모습을 하고 있을까. 앞으로 내 사랑의 역사는 어떻게 진행될까. '사랑'이라는 단어를 두고 이처럼 곰곰이 생각해

본 시간이 참으로 오랜만이라 낯설기까지 하다. 내가 알아차릴 새 없이 사랑은 계속 자라고 변화했다. 그리고 사라지고 생겨났다. 아마 지금, 이 순간에도 부지런히 사랑은 변화하고 있을 것이다. 그것이 유일한 진실이다. 그저 그렇게 흘러와서 너무 익숙해져 버린 사랑이라는 것을 나는 다시 한번 알고 싶어졌다.

 『사랑의 몽타주』 최유수 글, 디자인이음, 2017

사소하게 촉촉하게

이혜정

　때로는 제목부터 마음을 이끄는 책을 만날 때면 그 순간 내 마음은 사랑에 빠져 버린다.

　『고요한 우연』은 내가 좋아하는 요소들을 가득 담고 나를 기다리고 있었다. 가장 좋아하는 색깔인 초록초록한 표지에 아이러니한 단어들의 조합 그리고 기대되는 분위기의 매력적인 무엇을 가진 『고요한 우연』을 만났다.

　왜인지 모르지만 이 책을 선택하면서 비가 생각났다. 마치 계획된 우연처럼 이 책에는 비가 내리는 장면들이 계속해서 나타났다. 글을 쓰는 동안 나는 다시 책을 펼치며 이 비가 우연의 산물인지 아니면 미리 계획된 일인지를 고민해본다. 어쩌면 그 모든 것이 짜인 이야기일 수도 있다는 생각이 들 정도로 오늘도 비가 내린다. 이러한 일들이 우연일까. 우연을 가장한 끼워 맞추기일까.

『고요한 우연』에 나오는 등장인물들을 보며 나의 학창 시절이 떠올랐고 다시 그 시절로 돌아간 듯 빠져들며 책을 읽었다.

그때의 친구들이 그리워졌다. 매일 먹던 즉석 떡볶이, 별 주제 없이 떠들며 걸어 다니던 골목길에서의 대화들. 그때에는, 사소한 일도 마치 큰 사건이 된 것 같았다. 마치 고요한 우연의 미로 속에서 빛나는 '은고요'처럼 말이다. 책 속의 은고요를 만나며 나는 어떤 친구였을까 돌이켜 생각해 보았다.

나의 학창시절, 화살들이 날아와 상처받은 친구들이 있었다. 그 화살들의 이유는 무엇이었을까? 내가 보내는 화살들에 꽂혀서 상처받은 친구들도 있었을 것이다.

그들의 마음속에는 어떤 아픔이 숨겨져 있었을까?

친구들이 은고요를 향해 쏜 따돌림의 화살들은 어떤 이유였을까? 나는 어떤 이유에서 가시 돋친 화살을 쏘아 올렸던 것일까?

어쩌면 그것은 복잡한 감정들을 그저 표면적으로만 드러낸 것이 아니었을지, 더 깊고 진실한 관계를 바라는 마음이 잘못된 형태로 표출된 것은 아니었을까?

생각의 질문들이 계속해서 내 머릿속을 맴돌며 나는 책 속으로 더 깊이 들어간다.

은고요를 두둔하며 아무도 모르게 도움을 주는 수현이에게 친구들이 말한다.

"아이들한테 상처를 준 건 사실이잖아."

— 『고요한 우연』, 김수빈, 문학동네

은고요는 자신만의 세계에서 살아가는 아이였다. 호감을 느끼고 다가오는 친구들에게조차 적대감을 보이며 겉으로 강한 척하지만 친구들과 함께하고 싶은 마음이 큰 친구였다.

나는 그런 은고요가 마치 혼자인 듯, 쏟아지는 빗속에서 홀로 비를 맞는 아이 같다고 느껴졌다. 결국, 미움을 받고 따돌림을 당하게 되었는데도 불구하고 그 모든 것이 은고요에게는 그저 지나가는 비처럼 느껴졌을 뿐이었다.

학창 시절의 난 은고요처럼 친구들의 소소한 일에 반응을 살피지 않았다.

그저 나와는 무관한 일이라 여기거나 그저 관심의 대상으로만 여길 뿐, 그 친구의 마음을 헤아리지 못했었다. 그것은 나의 이기심이었다.

그러한 나의 행동 때문에 친구들은 나를 얄밉게 또는 차갑거나 어렵게 생각하는 이유가 되기도 했었다.

때로는 원치 않았으나 내 행동이나 태도가 상대에게 오해를 불러일으키기도 한다. 세상을 살면서 나의 마음이나 생각과는 다르게 한두 번씩은 겪는 일 중의 하나일 뿐임을 이제는 알게 되었다.

비 내리는 소리, 그 소리는 제각각의 마음속을 흘러 다니며 각각의 상황에 따라 다른 감정으로 다가온다. 누군가는 이 비가 마음을 씻어주는 시원함이라 여길 것이며 누군가는 하늘이 울부짖는 소리에 슬픔이라 느낄 수도 있을 것이다. 비 내리는 소리조차도 우리 각자의 마음속에 다른 울림을 전달한다.

내리는 비처럼 생각했던 일과는 다른 일들이 우리의 삶속에서 종종 일어난다.

난 비를 맞는 것을 좋아해서 심리 테스트나 그림 테스트 같은 걸 할 때 우산 없이 비를 맞는 나를 그리면 심각한 해석의 결과가 나오기도 한다. 어쩌면 그 해석이 맞을 수도 있겠으나 난 진짜 단순하게 시원하고 홀가분한 기분을 느낄 뿐인데 말이다.

우산이 없어 비를 맞던 날들을 다시 떠올려 보아도 그렇다. 쏟아지는 비에 신이 나서 친구들과 운동장을 뛰어다녔던 일, 다 젖은 교과서를 말려 보았지만, 쭈글쭈글해진 책을 만져보며 그 시간이 떠올라 낄낄거렸던 일들, 남편과 연애하던 시절에 미친 듯이 내리는 빗속을 뛰어다녔던 일, 아이와 여행을 가서 비를 맞으며 길을 걷던 일 등….

그저 비 맞는 일에 몰두하며 평범한 일상에서 주어진 순간을 즐겼던 것뿐이었다.

작은 반짝임, 그 찰나의 아름다움. 흘러가는 빗속에서 만나는 우연처럼 말이다.

세월이 흐를수록 나는 점점 더 나이를 먹어가고 빗속을 걷는 것은 이제 내게 낯설게 느껴진다. 마치 어른이 되어가는 과정 속에서 비는 복잡한 감정들을 일깨우는 존재처럼 다가온다.

그리고 나는 더 이상 비를 맞지 않는다. 어릴 때와는 달리, 그저 이유를 알 수 없는 용기가 사라지거나, 타인의 시선을 의식하게 된 탓이다.

어쩌면 그것은 나의 마음속에 피어나는 작은 불안일지도 모른다.

이제는 차창 밖으로 쏟아지는 빗줄기를 바라보며, 그 속에서 느끼는 평온함이야말로 내가 가장 사랑하는 순간이다. 비 내리는 날의 운전은 그런 감정을 더욱 깊게 만들어준다.

비 내리는 고요한 공간 속에서 나는 세상과 잠시 분리된 느낌에 잠기기도 한다.

때로는 '비 사이로 막 가'라는 주문으로 이 순간을 탈출하려 하지만 그럼에도 불구하고 여전히 내 안에 존재하는 깊은 울림을 느낀다.

『고요한 우연』은 온라인과 오프라인 사이의 연결고리 같은 이야기였다. 그래서인지 나는 그 속에서 과거의 내가 현재의 나와 함께 빗속을 걷는 듯한 환상에 빠져 들었다.

비 내리는 모든 순간, 내 안에 특별한 공간 그것이 바로 내가 비를 사랑하는 이유이며 이 책에 깊이 매료된 이유이다. 비와 나 사이에 아무것도 없는 그 특별한 관계.

김건모의 〈빗속의 여인〉을 흥얼거리며 나만의 고요한 공간에서 사소하게 그리고 촉촉하게 온전한 시간을 보내고 싶다.

『고요한 우연』, 김수빈 글, 문학동네, 2023

어른과 아이는 달라도 너무 달라

홍창숙

비가 내린다. 어렸을 때는 비가 오면 마냥 즐거웠다. 비가 오는 날이면 늘 장화를 신었다. 길에 움푹 파인 물웅덩이만을 골라서 일부러 그곳만 첨벙첨벙 밟아대곤 했다. 장화가 물에 닿는 그 찰랑거림이 참으로 경쾌하고 재미있었다. 그래서 비가 오는 날이면 물장난을 치느라 바빴다. 비오는 날은 나만의 특별한 놀이를 할 수 있어서 즐거웠다.

그러나 이제는 비가 오면 겪어야 할 불편함이 먼저 떠올라 썩 달갑지만은 않다. 비가 오면 차도 막히고, 외출할 때 우산이라는 거추장스러운 짐이 하나 더 생긴다. 세찬

비바람이라도 불면 우산이 뒤집히는 곤혹스러운 상황이 되기 일쑤다. 어디 그뿐인가. 지나가는 차량에 흙탕물이라도 튀면 그날은 '재수 없는 날'이 되어 버린다.

『아빠랑 나랑 달라도 너무 달라』 그림책은 아빠와 딸의 상반되는 마음을 잘 표현하였다. 아빠가 쉬는 날, 아이와 아빠는 서로 동상이몽을 꿈꾼다. 아이는 약속대로 아빠와 페인트를 칠하며 함께 놀기를 원하고 아빠는 비가 올 예정이니 쉬고 싶어 한다. 아빠는 비가 내린다는 일기예보가 없더라도 어떤 핑계를 대서라도 집에서 쉴 기세이다. 어른이 되고 나니 아이보다는 아빠의 마음에 더 공감되었다.

'아빠는 얼마나 쉬고 싶을까?'

'비 소식에 속으로 정말 기뻤겠다.'

아빠와 놀고 싶어 하는 아이의 마음이 이해되면서도 빨리 비가 내려서 편히 아빠가 쉬면 좋겠다는 생각도 들었다.

책 속 아이는 비가 오면 우산을 쓰면 된다고 하고, 아빠는 우산을 써도 발이 젖으니 싫다고 한다. 비가 많이 오면 우산도 소용없다는 아빠의 말에 아이는 우비를 입으면 된다고 한다. 아빠는 바람이 많이 부니 몽땅 날아갈 버릴 거라고 하지만, 아이는 뜻을 굽히지 않는다. 아빠가 잡아주면 된다고 대답한다. 결국, 아빠는 단호한 딸의 태도에 마지못해 약속대로 페인트를 칠한다. 마침내 아빠와 아이가 마음의 간격이 좁혀졌을 때, 비가 내린다.

이 책의 제목이 『아빠와 나랑 달라도 너무 달라』지만, 사실 아빠와 아이는 서로 같다는 반어 표현이 담겨 있다. 아빠와 아이의 차이는 함께 시간을 보내면서 줄어들었다. 마지막 내지에 똑같이 생긴 어렸을 때의 아빠와 지금 딸의 얼굴이 그려져 있다. 알고 보니 아빠와 딸은 얼굴도 성격도 닮은 붕어빵 부녀였다.

나이가 들면서 우리는 어린 시절의 순수했던 마음을 잊어버린다. 비가 와서 불편한 것들이 전혀 개의치 않았던 시절은 누구에게나 있다. 어른이 되면 걸리는 게 너무나 많아져서 비가 마냥 기쁘지는 않다. 책 속의 아빠도 비와 밖에 나가 노는 것을 좋아했던 어린 시절이 있었다. 아빠는 딸과 같이 시간을 보내면서 잊었던 동심으로 돌아갔다.

이 책을 보니 우리 아이들이 유치원생과 초등 저학년

때였을 때의 일이 떠올랐다. 비가 정말 억수같이 쏟아졌던 장마철이었다. 그런데 아이들이 이 폭우 속에 친구를 만나러 밖에 나간다는 것이었다.

"비 많이 오니 우산 챙기고 나가. 요즘 비는 산성비니, 비 안 맞도록 조심하고 빨리 와."

나는 못마땅했다. 하지만 두 아이에게 비를 맞지 않도록 신신당부하며 외출을 허락할 수밖에 없었다. 당시 집에서 독서논술 공부방을 하고 있을 때라 말릴 시간이 없었다. 아이들은 한참을 밖에 있다가 어두워져서야 집으로 돌아왔다. 그런데 물에 빠진 생쥐 모습이었다. 옷에서 빗물이 줄줄 흘러내렸다.

"아니? 우산은 어쩌고 이렇게 비를 다 맞은 거야?"

"엄마, 사실 우리 비 맞으러 나간 거야. 친구들이랑 비 맞으면서 돌아다녔는데 정말 재미있었어. 그렇지?"

"응, 형, 우리 다음에도 비 맞으면서 놀자."

두 아이의 해맑은 표정을 보니 차마 혼낼 수가 없었다. 어릴 적 장화를 신고 찰박거리며 놀던 나의 어린 시절 모습이 떠올랐다.

요즘은 비가 좋은 순간은 비가 그치고 난 직후뿐이다. 비가 지나간 곳은 세상 만물이 깨끗하게 씻겨져 내린다. 온 세상이 단체 목욕이라도 한 것 같이 새 몸으로 단장하고 깨끗하다. 비가 그치면 비로 자유롭지 못했던 불편함도 사라지고 온 세상이 깨끗해지니 좋다.

우리 아이들도 언젠가는 비가 썩 반갑지는 않을 날이 오겠지? 그날이 와도 어렸을 때 비를 맞으며 놀았던 행복한 시간은 기억하면 좋겠다. 어린 시절의 기억을 통해 다시 느끼게 되는 순수한 즐거움과 비 오는 날의 특별함을 새롭게 발견하기를.

『아빠랑 나랑 달라도 너무 달라』 이만경 글그림, 바람의아이들, 2023

Chapter 4.

구름 낀 하늘 아래의
사색

달달한 마카롱 가는 날

김경은

"선생님, 우리 아이에게 재미있는 그림책 좀 추천해 주실 수 있나요?"라고 묻는다. 그 물음에 꼭 맞는 그림책으로 『연필은 밤에 무슨 꿈을 꿀까요?』를 말한다. 이 그림책은 우리가 흔히 볼 수 없는 색다른 기법의 그림으로 아이들의 감성과 호기심을 자극한다. 재미있는 그림과 여운을 주는 글은 예술성과 문학성을 동시에 보여준다.

『연필은 밤에 무슨 꿈을 꿀까요?』 그림책은 연필로 스케치한 그림 위에 그려진 알록달록한 연필을 깎아 다양한 작품을 그려 낸다. 그림 작가 다비드 메르베이는 연필을 깎은 조각들로 작품을 만들어 보이는 '펜슬 쉐이빙 아트' 기법으로 작품 속 그림을 아름답게 표현했다. 길고 뾰족한 연필은 높은 고층 빌딩과 나무가 되고, 알록달록한 연필 껍질은 무지개, 낙엽, 새 둥지, 모닥불 등으로 그려진다. 흑백의 밑그림과 연필의 흔적들이 잘 어우러져 멋진 꿈을 꾼다. 아이들이 무럭무럭 자라나는 꿈, 바다를 그리는 꿈, 칙칙폭폭 기차를 타고 여행하는 꿈…. 우리에게 아련한 추억을 남긴 채 떠난다.

초등학교 3학년 때 수업을 마치고 친구 집에 자주 놀러 갔다. 같이 숙제하고 간다는 핑계였지만 사실은 친구가 가지고 있는 기차 모양을 한 연필깎이 때문이었다. 기차는 연필을 꽂고 사각사각 기적 소리를 내며 열심히 달리더니 뾰족하게 솟은 산처럼 깎여 나오는 연필을 나에게 선물한다. 이런 연필로 숙제를 하면 안 풀리던 수학 문제도 술술 풀렸고, 글씨들도 일렬도 줄이 잘 세워져 보기 좋았다.

휴대용으로 나온 필통 속 내 연필깎이는 연필 세트에

서 덤으로 주는 동그란 모양이다. 직접 연필을 꽂고 돌려서 깎아야 한다. 이렇게 깎여 나오는 연필은 모양도 예쁘지 않았고, 깎다가 연필심이 잘 부러지는 치명적인 단점이 있었다. 나도 엄마한테 기차 연필깎이를 사달라고 졸랐지만, 그 당시 만 원이 넘는 기차 연필깎이는 나의 친구가 되기 어려웠다.

사람들은 저마다 꿈을 꾸며 살아간다. 꿈을 통해 희망을 찾기도 하고, 만족과 행복을 느끼기도 한다. 그런 꿈들을 『연필은 밤에 무슨 꿈을 꿀까요?』에서는 연필과 함께 글로 쓰이고, 그림으로 그려진다. 새하얀 도화지에 자신의 꿈들을 마음껏 그리다 보면 나만의 멋진 작품이 탄생한다.

나는 매주 화요일이면 그림을 그리러 '마카롱'에 간다. 열 명 남짓 사람들이 모여 선생님 한 분을 모시고 아크릴 물감으로 그림을 그린다. 나는 이제 1년이 됐다. 그림책을 좋아하는 나는 다양한 책 속의 그림들을 보다가 기발

한 생각으로 표현된 그림을 만날 때면 어린아이처럼 설레고 가슴이 떨려온다. 나도 저런 그림을 그리고 싶다는 생각을 늘 갖고 있었지만, 현실로 만들어 내기란 쉽지 않았다. 그러다 우연히 지인을 통해 알게 되어 그림을 시작하게 되었다.

내가 처음 그린 그림은 파란 꽃이 화병에 가득 담긴 정물화였다. 짙은 색으로 바탕을 모두 칠한 후 그 위에 밑그림으로 꽃, 화병, 잎사귀 등을 대략 그려 위치를 잡는다. 그리고 하나씩 섬세하게 그려나간다. 한 주 한 주 시간이 지날 때마다 조금씩 선명해지는 그림을 보면 뿌듯함과 행복이 밀려왔다. 탐스러운 꽃봉오리를 입체감 있게 표현하기가 아주 어려웠지만, 붓 터치를 어떻게 해야 하는지, 어둠 속에서 밝음을 어떻게 찾아가야 하는지를 하나씩 배운다. 아무 생각 없이 무엇인가에 이렇게 빠져 본 것이 정말 오랜만이었다.

매주 찾아가는 달달한 마카롱은 나에게 봄나들이 소풍처럼 신나는 일이다. 그런데 곧 전시회를 연다고 했다. 나는 그림을 이제 그리기 시작했고, 그린 것이 없어서 나랑은 상관없는 일이라고 생각했다. 하지만 선생님께서 지금 그림을 완성해서 한 점이라도 제출해서 같이 참여하자고 하셨다. 다른 사람들에 비해 그림 실력도 뒤처졌지만, 나에게는 또 다른 새로운 경험이라고 생각해 더 열심히 그리고 빠르게 완성해야만 했다. 그렇게 전시회에 걸린 나의 첫 번째 그림은 남편이 구매 고객이 되었다. 지금은 주방 싱크대 옆에 걸어놓고 오며 가며 한 번씩 보는 맛이 쏠쏠하다.

두 번째 그림은 청명한 가을 하늘에는 구름이 흘러가고, 노란 은행 나뭇잎이 물든 가로수 길 작은 꽃들과 작은 개울물이 흐르는 한적한 시골길의 풍경화였다. 찍기 기법으로 이미지와 명암을 표현해야만 했다. 수천, 수만 번의 붓을 찍으며 하나하나 그림의 윤곽을 잡아갔다. 이번 그림도 서둘러야 했다. 둘째 고모부님 칠순에 선물로 드리고 싶었다. 한 달 보름 만에 완성해야만 해서 그림을 집에까지 가져와서 그리기도 했다. 서둘러 그림을 완성하고 표구를 해서 늦지 않게 생신날에 맞출 수 있었다. 생신날 고모부님께서는 정말 좋아하셨다. 그 어떤 선물보다도 의미 있어 좋다고, 활짝 웃으며 그림을 들고 사진을 찍었다. 너무 과한 칭찬에 부끄러웠지만 정말 뿌듯했다.

작년 봄 나의 정신적 지주인 대모님께 연락이 왔다. 난 소암 말기 판정을 받아 항암치료 받고 4월 중순에 수술 예정이라고. 가슴이 덜컥 내려앉았다. 치료 과정이 얼마나 힘든지 우리 언니와 엄마를 통해 너무나 잘 알고 있었다. 그런데도 우리 대모님은 얼마나 밝고 씩씩하던지, "나 때문에 우리 성당 식구들 모두 부인과 진료 받았잖아. 하하하." 웃으신다. 눈물이 주르륵 흘렀다. 그렇게 시작한 세번째 그림은 크고 작은 자작나무가 있는 숲길의 풍경화다. 이 숲길을 걸으며 건강을 되찾기를 바라는 간절한 마음으로 하나하나 정성을 다해 그려갔다. 그렇게 나의 세번째 작품 자작나무 숲길을 완성해 선물로 드렸다. 식탁이 있는 벽에 그림을 걸어놓고 매일 보고 계신다고 감사의 전화가 왔다.

나는 내가 그림을 잘 그린다고 생각하지 않는다. 하지

만 붓을 들고 그릴 때만큼은 나의 온 마음을 다해 그린다. 그동안 나에게 베풀어 준 감사함을 생각하며, 최대한 나를 잊은 채 그림에 빠져든다. 그러다 보면 그림은 나에게 쉼이 되고 위로가 된다.

그동안 내가 그렸던 그림에는 뭉게구름이 떠 있는 파란 하늘이 담겨 있다. 나는 그런 하늘이 참 좋다. 나의 슬픔과 기쁨을 저 하늘에 담아낸다. 보고 싶은 엄마의 얼굴도, 항암치료에 힘들어하던 언니의 눈물도, 자신의 병을 덤덤하게 받아들이는 대모님의 웃음도, 나의 친구 작은 새도. 모두 저 하늘 구름 속에 담아 둥실둥실 흘러간다.

지금 네 번째 그리고 있는 그림도 파란 하늘에는 흰 구름이 뭉게뭉게 피어 있고, 노란 해바라기 활짝 핀 풍경이다. 20년 가까이 작은 빌라에 살다가 작년 말에 새 아파트를 분양받아 행복한 삶을 사는 우리 언니를 위해 나는 오늘도 붓을 든다.

『연필은 밤에 무슨 꿈을 꿀까요?』 그림책 마지막 장면은 10시 37분 칙칙폭폭 기차는 추억만 남긴 채 떠나버리고 선로만이 덩그러니 남아 있다. 그동안 연필은 꿈을 꾸며 이뤄가는 동안 자신의 몸은 한없이 작아졌더라도 얼마나 행복했는지 잘 안다. 내가 내 꿈을 나눠줬던 것처럼 말이다. 오늘 밤에도 연필은 무슨 꿈을 꿀까?

『연필은 밤에 무슨 꿈을 꿀까요?』 지드로 글, 다비드 메르베이 그림, 주니어RHK, 2018

나 자신으로 존재하는 공간

손지민

　일상 중에 작은 습관이 있다면 하늘을 올려다보는 것을 좋아한다. 누구라도 같이 있을 때면 하늘을 올려다봐 보라고, 순간마다 변하는 구름을 놓칠세라 하지도 않던 호들갑을 떨게 된다. 매일 보는 구름이지만 똑같은 모양의 구름은 없기 때문에 매번 반갑고 신비롭다. 그런 구름 낀 하늘을 보고 있으면 마음이 잔잔해지고 온기가 금세 채워지는 듯하다. 우리 인생처럼 구름은 저마다 다른 모습으로 어제와는 다른 새로운 오늘을 살고 있다. 내일은 또 다를 테니 구름을 보고 있으면 얼마나 설레는 하루인지. 새

털처럼 가볍게 떠다니는 구름, 둥글둥글 양떼구름, 하늘을 덮은 잿빛 구름, 맑은 날 뭉게구름과 구름이 하늘을 뒤덮은 날들 모두 그 모습 그대로 다정하게 좋다.

　그런 이유로 나는 아이에게도 구름 얘기를 많이 했다. 차를 타고 가다가 어느 때보다 푸르른 구름에 반해서 꼬마였던 아이에게 말했다. "어머! 하늘을 봐봐. 구름이 너무 예쁘다." 창밖으로 올려다보던 아이에게서 솜사탕처럼 달콤한 말이 들려온다. "와! 구름 예쁘다. 구름이 엄마 닮아서 아주 예뻐." 아이의 말은 내 기억뿐만 아니라 구름에도 콕 박혔는지. 하늘을 쳐다보면 아이의 맑은 음성이 귓가에 맴돌며 언제나 나를 안아주는 말이 되었다.
　그렇게 누군가에게 표현하는 행동의 언어는 그만큼 힘이 세다. 언어가 사람이나 사물에나 오래도록 기억되어 나와 타인이 함께하는 세상이 되는 것이다. 그런 언어를 알아가는 데 책만큼 넓은 세상이 있을까. 매일 책을 읽어주던 시간에서 아이의 언어는 후후 불만큼 따뜻해졌다. 각자의 세상을 언어로 재현한 책 속 세상에서 우리의 언어는 닮아가며 힘을 쓴다.

그런 세상을 알려준 서점을 떠올리게 하는 소설이 있다. 황보름의 소설 『어서 오세요, 휴남동 서점입니다』이다. 소설 속 주인공 영주는 서점을 열지만, 손님처럼 매일 책만 읽고 있다. 책만 읽던 영주는 시간이 흘러 내면의 힘을 얻고 건강해짐을 느끼게 된다. 그 후 서점을 여러 사람들과 함께 가는 길을 찾기 위한 공간으로 변화시킨다. 저마다의 이야기가 있는 바리스타 민준, 대표 지미, 작가 승우, 단골손님 정서, 고등학생 민철 등과 함께. 휴남동 서점이라는 공간을 안식처로 삼아, 일상에서의 작은 아픔을 배려와 연대감으로 회복하며 다시 희망을 품고 살아가는 법을 배우게 된다. 영주는 그 공간을 이렇게 말한다.

"몸이 그 공간을 긍정하는가. 그 공간에선 나 자신으로 존재하고 있는가. 그 공간에서는 내가 나를 소외시키지 않는가. 그 공간에서 내가 나를 아끼고 사랑하는가."

– 『어서 오세요, 휴남동 서점입니다』, 황보름, 클레이하우스

이런 공간이 누구에게나 있을까. 내가 나를 아끼고 사랑할 수 있는 휴남동 서점 같은 공간이 내게도 있었다. 어린 시절 집과 학교를 오가던 골목길에 함께해 준 '대민 문고'이다. 대민 문고는 집과 학교 사이의 휴식처였고, 나 자신으로 존재할 수 있는 공간이었다. 내가 선택할 수 있는 곳. 타인에 의해서가 아니라 온전히 내가 선택한 책을 볼 수 있는 곳. 나는 그런 그곳을 사랑했다. 요즘 대형서점처럼 크고 화려하지 않았지만, 구석에서 책을 보고 있으면 눈에 잘 띄지 않아서 더 좋았다. 물론 서점 아저씨는 나에게 책을 왜 사지 않고 읽기만 하는지 핀잔을 주거나 눈치를 준 적이 없다. 책을 조심히 읽기는 했지만 그때 핀잔을 들었다면 서점을 멀리했을 테니 지금 생각해도 감사한 마음이다.

고이고이 모은 용돈으로 서점에서 발견한 보물을 사서 집으로 향하던 설레는 발걸음은 몸이 오래도록 기억하고 있다. 가끔은 학교에서 풀이 죽었던 날, 집에 더 늦게 들어가고 싶은 날에는 몸이 저절로 그곳에 있으면서 마음의 이야기를 신나게 풀어놓았다. 그렇게 나를 아낄 수 있는 공간에서 그날 하루치의 고단함은 사라진 채 힘을 얻어 집으로 돌아올 수 있었다.

서점을 좋아했던 이유 중의 하나는 어린 시절에는 하고 싶은 말을 잘 표현 못 하는 울보였기 때문이기도 하다. 어느 날도 그랬다. 초등학교 여름 방학식 날, 여름 한낮 더위에 한 손에는 화초와 한 손에는 1.5리터짜리 맥콜 한 병을 들고 30분을 걸어서 겨우 집에 도착할 수 있었다. 오로지 가족에게 주겠다는 설레고 기쁜 마음 하나로 먼 길을 걸어왔지만 불러도 아무도 문을 열어주지 않았다. 후들거리는 팔로 간신히 짐을 내려놓으니 혼자 애썼던 마음이 너무 서러워서 방에 들어가 이불을 뒤집어쓰고 엉엉 울어버렸다. 그 이후로 가족은 내가 맥콜을 너무 좋아해서 혼자 마셨다고 생각하며 지금까지도 맥콜을 '언니가 제일 좋아하는 음료'라고 이름 붙여 놓았다. 그때를 떠올리면 낑낑대며 들고 가던 어린 내가 보여서 금방이라도 울음을 터트릴 거 같던 시간에서, 문학은 위로를 건넸다. 결국에 보이지 않는 진심은 사랑이라고. 누가 알아주지 않아도 무해한 공간에서 스스로를 향한 다정함으로 그런 서러움은 날아가 버렸다.

　소설에서 사는 게 재미없다고 느끼는 민철이도 서점에서 책을 읽고 자기를 사랑할 수 있게 되었다. 학생 시절 내가 나를 사랑할 수 있게 된 공간이 서점이었듯이, 민철이도 책 속에서 세상의 무서움이나 추악함을 접하고 도망치지 않은 용기로 세상과 직면할 힘을 얻었을 것이다. 같은 책을 읽어도 똑같은 글귀에 밑줄이 그어진 적이 없이, 매일 다른 곳에서 만나서 나를 일으켜 주었다. 그날 나를 찾아온 글귀들은 내 삶에 적용되어 소진된 에너지를 채워주고 내 세상의 언어가 되어갔다. 바깥세상에서 표현하지 못한 마음에도 뾰족뾰족 가시가 돋지 않게 빨간약이 되어주며. 오늘도 '괜찮아!' 다독여 주었다. 이제는 책과 함께하는 공간에서 아이들에게 빨간약을 발라준다. "호~ 다 괜찮아질 거야."

　그렇게 서점은 살아가는 모든 시간의 번민을 잊게 하거

나 현실과 접점을 이루며 다시 내면의 힘을 주던 그런 곳이었다. 그런 이유로 성인이 되어서도 서점을 찾는 일이 행복했고 마음이 어지럽고 지치는 날이면 이미 서점으로 발걸음은 향해 있다. 문을 열고 들어갔을 때의 책 냄새, 책이 반겨주는 친절함으로 충전이 되어 돌아온다. 내가 나를 만족시킬 수 있는 공간. 서점 아저씨처럼 서점 주인이 되어 마음껏 책만 읽고 있으면 좋겠다던 어린 날의 생각은 '휴남동 서점' 영주의 모습을 보며 더 간절해진다. 이렇게 글을 쓸 수 있는 것도 영주의 서점이 나에게도 있었기 때문이다.

날마다 다른 구름처럼 다양한 우리의 모습이 서로에게 받아들여지는 공간이야말로 우리가 삶을 지켜나갈 수 있는 무해한 공간이 되지 않을까. 책은 우리와 그렇게 적절한 관계로 이야기한다. 나를 나무라지도 않고 나에게 강요하지도 않으면서 침묵하고 대화하며 나를 성장시킨다. 아이에게도 책이 그런 희망이 되어주길 바라면서 태아 때부터 읽어주어서일까. 아이는 책과 함께 놀던 초등학생을 지나 청소년 시기가 되더니 고민의 해답을 책에서 찾는다. 생각이 많아지는 날이면 서점 나들이를 먼저 권하는 아이가 될 만큼 그 공간에서 꿈의 뿌리를 단단히 한다. 이번 서점 나들이에서는 말해줘야겠다.

"구름이 예쁜 건 너를 닮아서야."

『어서 오세요, 휴남동 서점입니다』 황보름 글, 클레이하우스, 2022

하늘엔 뭉게구름 둥둥
내 맘엔 행복이 둥둥

유현숙

"나는 당신이 읽고 있는 글뿐만 아니라, 읽을 수 있다는
기적 자체에 대해서도 놀라기를 바란다."

– 블라디미르 나보코프(러시아의 소설가)

노년에도 꿈을 이루고자, 뒤늦게 배움의 길을 택한 용감
한 어르신들을 매주 만나고 있다. 가난하다는 이유로, 게
다가 여자로 태어났다는 이유로 배움에서 소외되어 현대
사의 굴곡진 삶을 온몸으로 살아오신 할머니들을 만나노
라면 페미니즘이 별거냐 이분들을 이해하고 격려해 주고

필요한 배움을 채워주는 것이 진정한 연대가 아닌가 혼자 생각한다. 시간이 지나며 알게 된 한 분 한 분의 인생이, history가 아닌 herstory로, 너무도 역동적이고 드라마틱해서 내색은 하지 않았지만, 매번 감탄하는 중이다.

『우리가 글을 몰랐지 인생을 몰랐나』이 책은 순천 할머니 스무 분이 뒤늦게 글을 익히고 그림을 배워서 자신들의 인생 이야기를 쓴 그림일기이자 한 권의 시 모음집이다. 통영에 갔을 때 박경리 문학관 가는 길에 들렀던 예쁜 출판사 남해의 봄날에서 나왔다니 더 반갑다. 책 제목과 출판사 이름이 어쩜 이리도 잘 어울릴까 생각했다.

책에는 할머니들께서 겪었던 글을 몰라 서러웠던 날들, 글을 배워 행복한 지금의 모습들이 투명할 정도로 솔직하게 적혀 있다. 어찌 보면 여성 잔혹사(?)처럼 보이는 자신들의 과거 삶의 이야기들을 담담하고 솔직하게 써 내려가서 더 슬프기도 하고 아름답기도 하다.

나는 못 배웠다는 것이 늘 가슴 아팠습니다.
길을 가다 간판을 보면 알 수 없는 글자에
나도 모르게 눈물이 흘렀습니다.

그런데 지금은 은행을 가도 겁이 안 납니다.
일을 다녀도 답답하지가 않습니다.
평생 주눅 들었던 내 자신이 떳떳해졌습니다.
(이하 생략)

– 손경애의 시 「행복의 보약」 중에서

작년 일 년 동안 한글을 배우고 뭐가 가장 달라졌냐고 물었을 때, 스스로 많이 당당해졌다고 한 어르신 말씀이 생각난다. 어디 가서도 글을 모르니 항상 주눅이 들고 눈치를 보게 되고 가슴이 답답했는데, 이제는 이름과 전화번호, 주소를 쓸 수 있으니, 자신감이 생기셨단다. 진짜 초등학교도 안 나왔냐며 글은 쓸 줄 아냐고 반말하는 의사한테 글 쓸 수 있다고 당당하게 말할 수 있어서 좋았다고 말씀하셨을 때는 울컥하여 눈물이 나올 뻔했다.

할머니들을 만날 때면 지금의 우리에게는 어찌 보면 당연한 일상이 당연한 것이 아님을 새삼 느끼며 반성하게 된다. 그 당연하지 않은 인생을 온몸으로 살아내신 분들의 삶을 어찌 다 짐작할 수 있을까.

그렇다고 해서 이 책이 마냥 슬프고 아픈 것만은 아니다. 그 슬프고 고생스러운 이야기들도 유쾌하고 맛깔나게 표현하신 글들이 일품이다. 게다가 각자의 개성이 돋보이는 그림과 색채들은 우리의 마음을 동심으로 돌아가 밝게 해준다.

어르신 문해 교실 첫날 류시화 님의 「꽃의 결심」을 읽어드렸을 때 할머니들의 그 결연했던 눈빛이 떠오른다.

(전략)
어차피 죽을 것이면
죽을힘 다해
끝까지 피었다 죽으리

- 『꽃샘바람에 흔들린다면 너는 꽃』의
「꽃의 결심」 일부, 류시화, 수오서재

나의 꿈은, 낫 놓고 기역 자도 몰라서 선 긋기와 연필 잡기부터 시작한, '꽃' 같은 우리 할머니들이 글의 바다에서 헤엄쳐 놀 때까지 함께하는 것이다. 우리 할머니들과 함께 할 시 낭독회를 꿈꾸며, 응원한다. 할머니들 파이팅! 아니 70, 80 언니들 파이팅!

『우리가 글을 몰랐지 인생을 몰랐나』 권정자 김덕례 김명남 김영분 김유례 김정자 라양임 배연자 손경애 송영순 안안심 양순례 이정순 임순남 임영애 장선자 정오덕 하순자 한점자 황지심 글, 남해의봄날, 2019

한 문장의 힘으로 살아가다

이주연

    구름이 잔뜩 낀 하늘처럼 우리 마음에도 잿빛 세상이 찾아올 때가 있다. 느닷없이 사고처럼 일어나기도 하고, 조금씩 조금씩 어둠이 드리워지기도 하면서 다양한 증상을 보인다. 나로 말하자면 삶의 암흑기엔 눈을 뜨고 기지개 켜는 것부터 쉽지 않았다. 입맛이 당연히 좋을 리 없다. 씻는 건 무슨 대단한 업적 세우는 것만큼이나 귀찮고 어렵다. 마음 터놓고 지내는 가까운 지인을 만나는 것마저도 귀찮아지니 직장 상사의 말 한마디에도 예민해지는 건 당연지사다. 불만, 불평으로 점철된 아우성 때문에 일상이 여간 고통스러운 것이 아니다. 그럼에도 무기력함과 짜증으로 범벅된 먹구름이 뒤덮인 시기 안에 있을 땐 벗어날 필요성조차 느끼기 어렵다.

오랜 시간 이어온 우울과 불안은 내 육체와 정신을 온전치 않게 빚어냈다. 툭하면 고개를 불쑥 내밀고 "나 여기 있소." 서로 알아달라 옥신각신 싸우며 제 주인을 못살게 굴어댔다. 식이장애, 소화 불량, 완경에 가까운 생리불순 등 머리부터 발끝까지 불편하지 않은 곳을 찾기가 더 쉬웠다. 이러다 건강염려증이라는 병명으로 요절할지도 모르겠다는 의구심이 점점 확신이 되어가는 시절이었다. 할 수 있는 건 내 벌이의 절반 이상을 건강하지 않은 육체를 달래는 데 쓰는 것이었고, 어르신들처럼 두둑한 약 봉투를 한 아름 안고 돌아와 입안 가득 털어 넣는 것이 최선이었다. 내 등골은 분명 휘어져 가는데 차도가 없었다. "손님, 이건 고데기예요." 만큼이나 맥 빠지는 "환자분, 이게 죄다 스트레스 때문이에요."만 메아리처럼 돌아올 뿐이었다.

2010년. 기껏해야 10년하고 몇 년 더 전이던 그때 그 시절엔 정신과가 참으로 생경한 곳이었다. 분명 병원은 병원인데 나쁘고 틀린 곳이었다. '정신병원' 이 네 글자를 내 입으로 말하기도 무서웠다. 포털사이트에서 관련 병원을 찾아볼라치면 두 다리를 가슴 앞으로 바짝 오므리고 누가 볼세라 휴대전화를 코에 박다시피 했다. 그렇게 겨우 알아낸 병원 정보였지만 대학생 신분이던 내겐 접근조차 어려웠던 비싼 금액에 그저 고개를 돌려야 했다. 그렇게 시간이 흘러 직장인이 되어서야 내 두 발로 찾아갈 수 있었다. 접근이 용이하고 개인이 운영하는 작은 병원이었으면 좋겠다는 정도의 기준으로 찾아간 이곳이 내겐 정신과 첫 경험이었다. 지금은 베스트셀러를 뛰어넘어 스테디셀러가 된 책의 저자이기도 한 남성이 앉아 있었다. 그는 눈빛과 몸짓에 조금의 동요도 없었다. 내게 몇 가지 질문을 차례로 했고 나는 여지없이 날아드는 화살로 인해 폐부를 몇 번이고 찔렸다. 그저 질문일 뿐인데 내가 무슨 말을 하는 건지 하나도 기억나지 않을 정도로 방패막이를 치느라 정신이 없었다. 진료실에 들어가기 전 진행한 검사 결과지와 몇 개의 질문으로 내 병명이 나왔다.

"PTSD예요. 외상 후 스트레스 장애라고 하는 건데 전쟁, 자연재해, 사고같이 심각한 사건을 경험하면 그 이후에도 계속된 재경험을 통해 고통을 느끼는 거예요. '자라 보고 놀란 가슴 솥뚜껑 보고 놀란다.'라는 말 있죠? 그거예요. 더불어 만성 우울함이 있네요. 아주 어릴 적부터 갖고 있었을 가능성이 높을 거예요. 요즘은 상대적으로 덜하다 느낄 수도 있는데 이게 아예 환자분 삶으로 침투해서 체화된 거예요. 전보다 좋아진 게 아니라. 처방해 드린 약 먹으면 잠도 잘 오고 식욕도 생길 거예요."

전문용어에 기가 죽어 앞에선 말 한마디 못 했지만 '되려 P머시기가 더 오겠다.'며 다신 이곳에 오지 않겠다고 다짐하며 처방받은 약을 끝내 먹지 못한 것으로 끝이 나버린 내 첫 (정신과) 경험은 한참을 날 불쾌하게 만들었다. 그런데도 의사의 말은 내 가슴 한가운데에 콕 박혔고 콧대 높은 자존심으로 똘똘 뭉쳤던 나는 기필코 이런 개떡 같은 것들과 헤어지겠노라 결심 또 결심했다. 그렇게 다른 방법을 찾아본 것이 심리학 공부였다. 내 몸에 대한 증상과 생각은 내가 제일 잘 안다는 심정으로 셀프 치유를 하고자 사이버대에 입학했다. 강의를 찾아보고 밤낮으로 관련 서적을 읽고 또 읽고 공부하면서 마음을 가다듬었다. 그동안 몰라보고 자책으로 힘들어했던 나에 대한 미안함과 슬픔을 눈물로 쏟아냈다.

약 2년을 매진해서 한 공부는 내가 삶을 대하는 태도에 많은 변화를 주었다. 그 사이 상담심리 전문의를 찾아가 매주 인지행동치료와 운동도 부지런히 했다. 선생님을 만나고 돌아올 때면 온몸의 수분이 모조리 빠진 듯 기진맥진이었는데 시일이 지나니 웬걸 점점 개운함이 찾아왔다. 신기하게도 조금씩 건강까지 회복되는 듯 보였고 이것이 썩 내게 잘 맞다고 생각했다. 평생 상담을 받을 돈만큼만 벌면서 지내도 감사하겠다 싶은 정도였다. 무탈하게 아니 무탈하다고 믿으며 때때로 자신을 속이는 정신 승리를 되풀이하며 지냈으나 결국 또 서서히 구렁텅이로 들어갔다. 살만해지니 초심은 온데간데없고 병원도, 운동도 멀어지고 마음 챙기기를 소홀히 한 대가가 찾아왔다. 이번엔 차원이 다른 듯했다. 가슴이 터질 듯이 뛰어 심장 뛰는 소리 때문에 잠을 이룰 수가 없었다. 온 집에 불을 다 켜고 방문을 이중 삼중 걸어 잠갔다. 그것으로도 안심이 되지 않아 의자와 무거운 박스를 문 앞에 밀어 놓고 혹여라도 있을지 모를 무시무시한 상황을 대비했다. 그러다 어느 날은 이러다 누가 급습해서 나를 죽일지도 모른다는 공포감에 몸이 움직이질 않았다. 더 이상 이 집에서 살 수 없을 것 같다는 생각에 24시간 운영하는 카페를 찾아가 뜬눈으로 지새우기도 여러 번. 그렇게 몇 해를 보내고야 공황장애 증상이라는 걸 알게 되었다.

내가 지금까지 이곳저곳을 정처 없이 기웃거리며 들었던 내 모든 병명을 나열하자면 PTSD, 만성 우울, 불안, 화병, 신체화장애, 불면증, 섭식장애, 공황장애 등이 있다. 소위 말하는 맨정신으로 산다는 것이 뭔지 당최 모르겠다는 생각이 들어 혼란스러웠던 적도 있었다. 그랬던 내가 이제는 나의 이야기를 포장 없이 이렇게 다 토로할 수 있는 힘이 생겼다. 암 투병 중에도 집필을 쉬지 않았던 이해인 수녀님과 같은 수행자의 길을 내 식대로 꾸준히 걸어왔기에 가능하다고 생각한다. 나에게 있는 티끌마저 다 사라져 완벽하게 행복해지고 싶었던 나는 매사 과도한 긴장과 강박 그리고 집착으로 얼룩져 있었다. 그런 내게 어느 것 하나에도 매이지 않은 초월적인 수녀님의 글은 위로이자 구원이었다. 펼쳐지는 대로 시 한 구절 읽다 보면 내 마음에 먹구름이 지려다가도 어느새 저 멀리 도망간다. '별일 아니야. 다 괜찮다.' 되뇔 수 있는 용기가 생긴다. 글은 사람을 닮는다고 했던가. 수녀님의 따뜻한 온기가 글을 통해 전해져왔다. 책에 수록된 수녀님의 시, 주변 지인들과 주고받은 편지, 기도문을 벽에 붙이고 필사하며 매일 읽고 또 읽으며 묵상했다.

종교는 없지만 책 『기다리는 행복』은 내게 바이블이다. 죽음을 맞닥뜨리고도 삶의 의지와 애착을 말씀하시는 수녀님의 글은 내게 빛 그 자체다. 마음에 의지하는 문장 하나 품고 산다는 건 생각보다 큰 힘이 된다. 어쩌면 우린

한 문장의 힘으로 살아가는 걸지도 모르겠다. 수녀님이 마음에 새긴, 호스피스 센터 가족들께 쓴 '이별 편지' 마지막에 실린 잠언을 나도 다시 한번 더 아로새기며 글을 마무리하려 한다. 한 해를 보내고 또 맞이한 새로운 시작 앞에서 이 글을 읽는 그대들에게도 뜻깊길 바란다.

"오늘은 내 남은 생애의 첫날입니다."
"Today is the first day of rest of your life.(오늘은 그대의 남은 생애의 첫날입니다.)"

— 『기다리는 행복』, 이해인, 샘터

『기다리는 행복』 이해인 글, 샘터, 2017

삶의 잔잔한 쉼

이혜정

'평온한 애틋함'

나의 할머니를 생각하면 떠오르는 단어이다. 나는 할머니가 키워주신 것도 아닌데 할머니는 유난히 내게 강한 애착의 대상이다.

아마 4~5살이었을까? 할머니와 잠시 함께 보냈던 그 시간의 기억은 마음속 깊숙한 곳에 새겨져 있는 듯하다. 엄마와 떨어져 할머니랑 있었던 시간이 처음에 낯설기도 했는데 언제나 날 향한 할머니의 따뜻한 눈빛이 지금까지도 생생하다. 날 위해 삼계탕을 끓이시고 닭 껍질을 좋아하는 어린 손녀에게 손으로 쭉 찢어 먹이시던 할머니의 손길을 잊을 수가 없다.

스무 살의 어느 날, 친구들과 노는 즐거움을 만끽하던 중 아파트 입구에서 날 기다리고 있을 할머니 모습이 떠올라 서둘러 집으로 향했던 그 순간이 떠오른다. 하루에도 몇 번씩 언제 오냐고 묻는, 귀가 잘 들리지 않으시는 할머니의 전화가 난 늘 반가웠다. 진짜 단 한 번도 귀찮거나 싫지 않았던 점만 봐도 내가 할머니를 얼마나 사랑하는지 알 수 있다.

약간은 거칠었던 그 손에 끼워져 있던 알이 커다란 비취반지도 내겐 아름다움 그 자체였다. 그 나이에 흔치 않게, 나의 할머니의 마음은 열려 있었고, 깨어 있는 생각과 뛰어난 감각을 지니고 있었다. 어떤 면에서는 우리 엄마보다도 더 그랬다. 나의 엄마의 사랑이 전혀 부족하지 않았으나, 할머니의 존재는 나의 마음을 다른 감정으로 물들였다.

친구들 이야기부터 시작해서 어쩌면 할머니가 다 이해하지 못했을 대학 수업에서의 일들을 들어주고 토닥여 주던 할머니 앞에서 내 입은 쉬지 않았다. 나의 말에 귀 기울여 주며, 눈을 맞춰 주는 그 따스한 마음에 중독되어 가는 듯한 감정을 느끼기도 했다.

일기의 한 페이지처럼, 할머니와 마무리하는 하루가 늘 행복했다.

맥도날드 불고기 버거와 바닐라 쉐이크를 좋아하는 우리 할머니,

피자도 좋아하고 예쁜 카페에서 달달한 커피 마시는 것을 좋아하는 우리 할머니.

내 이름을 말할 때면, 언제나 "내 친구 혜정이."라고 속삭여 주시던 내 친구 나의 할머니.

그저 이렇게 글을 쓰는 이 순간에도 눈물이 난다. 아직 건강하게 내 옆에 계신데도 이렇게 주체하지 못할 만큼 눈물이 난다는 게 이해가 되지 않을 수도 있지만….

지난겨울, 크리스마스 때쯤 함께 저녁을 먹고 헤어진 며칠 뒤 욕실에서 넘어지셨다는 소식을 들었다. 그 뒤로 허리를 수술하시고 걷지 못하게 되셨다. 집에서, 병원에서 엄마, 삼촌이 번갈아 간호하시다가 거동하시지 못하니 결국 요양원에 가시게 되었다. 코로나로 면회 한 번 제대로 하지 못하고 생이별해야 했던 때였다.

그때의 힘듦과 상실감이 할머니에게는 섬망 증세로 나타났고 사람을 잘 알아보지도 못하는 상황에까지 이르렀다. 그럼에도 날 기억해 주고 찾는 할머니에게 내가 해드릴 수 있는 게 없어서 혼자 애만 태웠고 모든 상황이 원망스러웠다. 난 지금까지 살면서 우울함과는 거리가 멀었던 사람인데 내 인생 처음으로 우울함을 느꼈던 시간이기도 했다.

내 인생에서 반짝이는 불빛이 꺼진 것처럼 방향을 찾질 못하고 마음속은 어지러웠다.

엄마가 속상해할까 봐 전화도 하지 못하고 예민한 딸이 눈치챌까 티 내지 못했던 시간이었다. 혼자 있는 시간에는 그저 눈물만이 흘렀고 모든 것이 무의미하게 느껴졌다.

말조차 하기 싫어졌고 그저 고요한 어둠 속에 몸을 맡겼다. 그럼에도 불구하고 나의 아이들과 내가 맡은 수업들 때문에 아무렇지 않게 일상을 살고 있는 내가 싫었다.

그리고 그 무엇도 하고 싶지 않았으며 어떤 말도 할 수 없었다. 할머니를 홀로 남겨둔 듯한 미안함과 슬픔으로 인해 내 마음은 고통스러웠다.

그렇게 시간을 보내던 어느 날, 이끌리듯 한 책을 만났다. 『할머니의 뜰에서』 제목부터 날 울리기로 작정한 책 같았다. 구름 저편에서 비치는 햇살과 할머니의 온화한 미소가 나의 마음을 따뜻하게 어루만지고, 그 속에서 나는 할머니와 함께 보냈던 시간을 회상하였다. 책장마다 스며있는 그 순간들의 향기는 내 안에 깊이 새겨져, 마치 할머니가 내 곁에 계신 듯한 기분을 선사하였다.

주방에서 요리하고 계시는 할머니의 그림을 딱 보는 순간 맛있는 김치 볶음의 향이 내 코를 스치며 퍼져 나갔다. 우리 할머니의 요리 실력, 그중에서도 묵은지 볶음은 누구에게도 뒤지지 않는 솜씨를 자랑한다. 그 깊고 풍부한 맛에 빠져들면, 그 누구도 헤어날 수 없을 것이다. 뛰어난 요리 실력을 가진 우리 엄마조차도, 그 맛을 따라잡기는 어려웠다. 추억의 그 음식을 더 이상 맛볼 수 없다는 사실이, 할머니의 빈자리를 더욱 크게 느껴지도록 만들었다.

할머니가 차려주는 밥그릇이 너무 커서 가끔은 그 안에서 헤엄도 칠 수 있겠다는 생각이 든다는 책 속의 아이처럼 밥으로 표현되는 할머니의 사랑은 내가 미처 가늠하기 어려운 깊은 무한한 애정의 세계라는 것을 알게 되었다.

할머니는 늘 무엇을 주고자 안달이 난 사람처럼 한시도 가만히 있지 않으시고 주방에서 먹을 것을 챙겨주신다. 그 주방에서의 달그락거림이 좋아서 나는 할머니 옆에 서서 "그만 꺼내. 괜찮아. 할머니 드셔."라며 잔소리 아닌 잔소리를 하기도 했다.

그림책 속 할머니 바바는 우리 할머니와 참 많이 닮아 있다. 사랑 가득한 눈으로 바라보는 것도, 조용히 배려하는 모습도 우리 할머니와 닮았다. 그림책의 모든 장면이 잔잔한 행복감으로 가득하다. 평범한 일상의 행복을 가득 담은 따뜻한 봄날의 구름을 떠올리게 한다.

나의 할머니의 모습은 언제나 나의 마음속에 구름을 드리우고 있었다. 비가 오지 않는 날의 하늘을 사랑하는 나에게, 그 구름은 항상 내 안에 머물곤 했다.

햇살 없는 찬란한 날들, 그 자리를 대신하는 것은 흐릿한 구름이 피어오르는 고요한 시간. 마치 할머니의 품처럼 내게 휴식을 가져다준다.

몽글몽글 폭신폭신할 것만 같은 구름처럼 할머니 옆에 누워 함께 드라마 보며 떠들던 시간은 달콤한 솜사탕으로 기억된다.

지금은 다행스럽게도 섬망 증세도 사라지셨고, 더욱 건강해지셨지만 여전히 요양원에서 머무르고 계신다. 할머니는 이젠 그곳이 편하다며 자식들의 마음의 비를 가려주는 구름이 되었다.

할머니는 이제 자주 찾아가지 못하는 나에게 주어진 과제와도 같다. 그럼에도 불구하고 나는 기꺼이 반갑게 그 숙제를 해나가는 성실함이고 싶다. 늘 나의 마음 한편에 할머니의 자리가 있기에.

내 인생의 구름이 덮어주지 못하는 외롭고 힘든 이 시간에 내 눈물의 비는 마르지 않고 흐른다. 그동안 받아온 그 사랑의 깊이가 얼마나 깊었는지 가늠하라는 듯이 난 요즘도 매일 운다. 아무 때나 전화해서 아무렇게나 떠들던 그 시간이 참 그리워서 운다. 보청기를 끼고도 잘 들리지 않아 서로 다른 이야기를 하는 웃긴 상황들도 그리워서 운다.

구름에 휩싸인 시간, 그 속에서 가려져 보이지 않는 시간이 될 것 같은 두려움이 나를 엄습해 온다. 그래도 여전히 남아 있는 사랑의 순간들이 나의 마음을 따뜻하게 어루만져 주길 소망한다. 그리고 그 사랑을 언젠가 갚는 날이 오기를 꿈꾸며, 나는 계속해서 할머니의 뜰 안에서 머무르고 싶다.

할머니의 뜰 안에서 받은 사랑으로 자라온 내가 이제는 할머니의 쉼이 되고 싶다.

눈빛만으로 내게 부어준 그 사랑의 따스함.

목소리만으로 전해지는 내 편의 다정함.

구름처럼 부드럽게 내 삶의 힘듦을 가려주는 쉼.

나에게 할머니의 뜰은 언제나 봄이었다.

『할머니의 뜰에서』, 조던 스콧 글, 시드니 스미스 그림, 김지은 옮김, 책읽는곰, 2023

호의는 권리가 아니다

홍창숙

한때 백마 탄 왕자님을 기다려 본 적이 있었다. 어릴 때 나는 공주 이야기를 무척 좋아했다. 백설 공주, 신데렐라, 엄지공주, 라푼젤 등 백마를 타고 나타나 여주인공을 구원해 주는 멋진 왕자님을 꿈꾸었다. 언젠가 나에게도 그런 왕자님이 나타나 동화 속의 주인공처럼 행복하게 살 것이라 믿었다.

『키다리 아저씨』 책도 왕자님 못지않게 완벽한 이상형을 보여준 책이었다. 키다리 아저씨는 왕자님처럼 경제력, 외모, 집안, 인성 등 모든 조건을 가졌다. 나의 키다리 아저씨는 어디에 있을까? 공상하기를 좋아했던 나는 키다리 아저씨에 푹 빠졌다.

키다리 아저씨는 주디를 보육원에서 벗어나게 하고 대학교를 보내주었다. 주디는 대학 기숙사에서 상류층 친구 샐리 맥브라이드와 줄리아 펜들턴 같은 좋은 친구를 만났다. 또한, 희망 없던 보육원 아이가 아닌 작가라는 꿈을 가진 대학생이 되었다. 한 사람의 인생을 바꾸어 준 키다리 아저씨에게 반하지 않을 수가 없었다. 나의 이상형이 백마 탄 왕자님에서 키다리 아저씨로 바뀌게 한 책이었다.

키다리 아저씨가 주디에게 후원을 해주는 대신 한 가지 조건이 있었는데 편지를 보내는 것이었다. 주디가 글재주가 있어서 작가로 연습을 시키기 위해서였다. 키다리 아저씨에게 보내는 주디의 편지는 밝은 성격과 긍정적인 가치관을 볼 수 있어 책의 재미를 더했다.

주디가 방학에 갈 곳이 없어서 보육원에서 일을 하며 보내게 될 처지였을 때, 키다리 아저씨는 록 윌로 농장에서 방학을 편하게 보낼 수 있게 도와주었다. 친구 줄리아 가 모자 2개를 산 것이 부러웠다는 편지에 50달러를 보내 주는 등 주디가 필요할 때마다 키다리 아저씨는 즉각 도 움을 주었다.

성경에서 이스라엘 백성이 이집트에서 탈출하여 가나 안으로 갈 때 하나님이 낮에는 구름 기둥으로 밤에는 불 기둥으로 지켜주셨다고 나온다. 이스라엘 백성들이 지나 가는 길은 광야이며 사막이었다. 고통과 죽음의 공간이었 다. 하나님은 이스라엘 백성들에게 구름 기둥을 보내어 낮의 뜨거운 태양으로부터 보호하셨다. 밤에는 불기둥으 로 추위에서 지켜주셨다.

키다리 아저씨는 주디에게는 구름 같은 존재였다. 늘 주디를 따라다니며 더위와 추위로부터 보호했다. 희망이 없었던 고아 소녀에게 새로운 인생을 살 수 있게 생명을 불어넣어 주는 구름이었다.

최근 다시 『키다리 아저씨』를 읽어보니 '키다리 아저씨'

보다는 '주디'에게 눈길이 간다. 이제는 백마 탄 왕자님도, 키다리 아저씨도 현실에는 존재하지 않는다는 걸 안다. 주디는 키다리 아저씨의 호의를 무조건 다 받으려 하지 않고 스스로 인생을 살아가려고 노력했다. 부잣집에 과외도 하면서 키다리 아저씨에게 받은 후원금을 갚으려고 애썼다. 내가 그동안 세상의 풍파를 많이 겪은 탓일까? 주디의 이런 행동은 참으로 기특하면서 키다리 아저씨 못지않게 비현실적 인물로 느껴졌다. 그동안 주디 같은 사람을 본 적이 없었기 때문이다.

예전에 다문화 관련 일을 한 적이 있었다. 한국인과 결혼한 외국인 이민자에게 한국 문화를 알려주고 다문화 가정 자녀에게 공부를 가르치는 일이었다. 아무래도 외국인 결혼 이민자는 한국에 아는 사람도 없고 한국어도 서툴다 보니 개인적인 일을 종종 나한테 부탁하기도 했다. 그중 나한테 가장 부탁을 많이 했던 베트남 이민자 R이 있었다.

어느 날 갑자기 전화가 R로부터 걸려 왔다. 운전 면허 시험이 다음 날인데, 아기 맡길 때가 없다고 막무가내로 아기를 봐달라고 하는 것이었다. 그런데 그날이 우리 아이 학교 총회가 있는 날이라 나도 봐줄 수가 없었다. 안 된다고 거절했다.

"선생님, 그러면 시험 어떡해요. 시험 어떡해요."

이 말만 되풀이했다. 마음이 약해져 결국 승낙하고 말았다. 다음 날 나는 R의 아기를 유모차에 태우고 학교 총회에 참석해야만 했다. 학교에서 만난 지인들이 아기를 보더니 그사이 늦둥이를 낳았냐고 질문 세례를 퍼붓는 통에 참으로 곤란했다.

한번은 그 R이 나에게 취업을 부탁하기도 했다. 한국인 남편의 벌이가 좋지 않아 경제적으로 어려웠던 R의 사정은 참으로 딱했다. 그래서 다른 외국인 이민자로부터 정보를 얻어 회사를 알아보고 소개했다.

그 R이 취업한 지 한 달 조금 지났을 때였던가? 갑자기 한밤중에 그 남편으로부터 전화가 걸려 왔다. 부부싸움을 한 뒤 아내가 집을 나갔다는 것이었다. 한참을 하소연하더니 아내에게 연락이 오면 자기에게 연락을 달라며 끊었다.

　다문화 가정을 방문하는 일은 한 가정당 횟수가 정해져 있었다. 그사이 이미 그 가정의 교육은 끝난 상태였다. 즉 내 소관은 아니었다. 그래도 걱정되는 마음에 수소문해 보니 R은 아기와 같이 외국인 쉼터에 있었다. 쉼터는 배우자의 폭력 등을 피해 임시로 머무는 곳이다. 남편에게 아내가 쉼터에 있으니 걱정하지 말라고 알렸다.

　그렇게 R과의 인연이 끝난 줄 알았더니 이후 또 R의 남편으로부터 전화가 왔다. 아내가 그동안 일한 임금을 받아달라는 것이었다. 정말 어처구니가 없었다. 나는 그저 선의로 회사를 알아보고 연결해 준 것이었는데, 모든 책임이 나에게로 돌아왔다.

　"아버님, 남인 저한테 회사에서 임금을 줄 리가 없습니다. 아버님은 남편이라 대리 수령이 될 수도 있으니 그 회사에 직접 알아보셔야 할 거 같습니다."

　내가 해줄 수 있는 호의는 여기까지였다. 나는 키다리 아저씨가 될 수 없었고, 아주 작은 그릇임을 깨달았다. 이 사건으로 다문화 일도 관두는 계기가 되었다. 일을 시작할 때만 해도 다문화 일이 한국 생활에 어려움을 겪는 결혼 이민자에게 작은 도움을 줄 수 있어서 매우 매력적이었다. 그러나 끊임없이 나에게 부탁하는 일들이 생겨서 더 이상 즐겁지 않았다. 어디까지 도움을 줄지 기준을 정하는 것은 참 어려웠다.

흔히 우리는 '호의를 베풀면 권리로 안다.'라고 말한다. '호의가 계속되면 둘리'라는 우스꽝스러운 말도 생겼다. 그동안 내가 만난 사람들은 친절을 베풀면 너무나 당연하게 더 많은 것을 요구하였다. 그래서 '키다리 아저씨'의 '주디'가 더 대견하게 느껴졌다. 주디는 키다리 아저씨에게 의지하기만 하면 쉽고 안락하게 살 수 있었다. 그러나 주디는 아스팔트가 깔린 편한 길보다는 좁고 험한 길을 선택했다. 삶을 자신의 힘으로 개척하며 살아가려 했다. 주디의 건강한 사고가 행복한 결말을 만들었다.

주디는 키다리 아저씨에게 보내는 편지에 '진짜 행복은

작은 기쁨에서 오는 거라는 걸 새삼 깨달았다.'라고 했다. 과거를 후회하거나 미래를 걱정하지 말고 이 순간을 보람 있게 살아야 한다는 것이었다. '사람들은 삶을 경주라 생각해 무조건 앞만 보고 빨리 달려서, 주위에 핀 꽃 한 송이를 보지 못하며 산다.'라고 하였다. 위대한 작가가 되지 못하더라도 작지만, 수많은 행복을 만들며 살 거라는 주디를 응원한다.

우리도 주변을 살펴보고 소소한 행복들을 느끼며 사는 것이 중요하다. 그리고 타인의 배려나 친절을 당연하게 받아들이지 말고 감사를 아는 마음이 더욱 필요하다. 작은 것에 감사하고, 친절에 고마워하는 마음가짐이야말로 진정한 행복을 느끼게 해주는 열쇠가 아닐까?

 『키다리 아저씨』, 진 웹스터 글, 허윤정 옮김, 더스토리, 2024

Chapter 5.

눈이 내리면
알게 되는 것들

눈 헤는 밤에

김경은

『완벽한 아이 팔아요』그림책은 제목부터 충격적이다. 그것도 대형 마트에서 물건이 아닌 아이를 팔다니…. 어떤 내용의 그림책일까? 책에서 말하는 '완벽한 아이'는 어떤 아이일까? 공부 잘하는 아이, 말 잘 듣는 아이, 혼자서도 잘 노는 아이, 똑똑한 아이…. 이런 궁금증에 펼치게 된 책이다.

오늘도 1102호 소현이 엄마가 차 한잔 마시자며 놀러오라고 연락이 왔다. 어제 사 온 쿠키 한 상자를 들고 찾은 소현이네 거실은 벌써 동네 엄마들이 삼삼오오 모여 이야기꽃이 한창이다. 새로 맡게 된 담임 선생님 이야기, 이번 학기 학급 회장은 누가 됐으면 좋겠다, 수학학원은 길 건너 새로 생긴 빵집 2층에 있는 곳이 좋다는 등….

남의 집 아이는 뭐든 다 잘한다는 생각에 돌아가는 발걸음이 무겁다. 내 아이의 부족한 부분만 자꾸 떠오른다. 어제 가지고 온 시험지, 반찬 투정하던 모습, 사내아이 같은 옷차림, 헝클어진 머리카락. 마음에 안 드는 모습뿐이다. 특히 공부는 "조금만 더 잘하면 좋을 텐데 왜 그게 그렇게 안 될까?" 하는 아쉬운 마음이 제일 크다. 점점 학년이 올라가면 갈수록 아이에 대한 기대치는 올라간다. 그걸 따라오지 못하는 아이에게는 "다 너 잘되라고 하는 말이야!"라며 늘 잔소리만 한다. 나는 책 속의 그런 완벽한 아이를 원했다.

『완벽한 아이 팔아요』에는 부모들이 원하는 아이들을 종류별로 전시해 사고파는 아이 마트가 있다. 뒤프레 부부는 가장 인기 있는 모델 '바티스트'를 데려온다. 바티스트는 밥투정도 하지 않고, 공부도 잘하고, 얌전히 혼자 잘 놀고, 부모의 말도 잘 듣는 그야말로 뒤프레 부부가 원하는 완벽한 아이였다. 그러던 어느 날 엄마, 아빠는 학교 축제 날짜를 헷갈려 바티스트에게 꿀벌 의상을 입혀 학교를 보냈다. 반 친구들에게 놀림을 당한 바티스트는 집에 돌아와 의상을 벗어 던지며 처음으로 화를 낸다. 당황한 뒤프레 부부는 다음날 수리를 위해 아이 마트 고객 센터로 향한다. 고객 센터 직원은 수리를 접수하며, 아이에게 묻는다. "새 가족이 마음에 드니?" 바티스트는 잠시 멈칫하다가 이런 말을 한다.

"혹시 저한테도 완벽한 부모님을 찾아 주실 수 있나요?"

－『완벽한 아이 팔아요』, 미카엘 에스코피에, 길벗스쿨

우리는 흔히 아이에게 여러 가지를 빨리, 많이 배워야 한다고 생각한다. 어릴 때는 한글도 빨리 깨우쳐야 하고, 초등학교 들어가서는 피아노, 태권도, 미술 등 예체능도 해야 하고, 우리 아이만 뒤처져서는 안 되니까 남들 다니는 보습 학원도 보낸다.

　아이의 눈에 비친 나는 어떤 모습일까? 내가 아이를 다
그치고 혼낼 때 우리 아이는 어떤 생각을 했을까?

　오늘 밤 나는 집을 나와 무작정 길을 걷고 있다. 터벅터
벅 길을 걸으며 생각해 본다. "내가 뭘 그렇게 잘못했지?"
난 공부에 소질이 없다. 그런데 엄마는 옆집 소현이가 되
길 바라신다. 그래서 소현이가 다니는 피아노, 태권도, 수
학학원까지 다니게 한다. 난 절대 소현이가 될 수 없는
데…. 우리 엄마는 그걸 모르신다.

　내가 요 며칠 수학학원 숙제를 안 해갔다. 학원 선생님
께서는 친절하게도 그 사실을 엄마에게 알리셨다. 결국
화가 난 엄마는 수학 숙제를 시키면서 틀린 문제를 봐주
셨다. 나는 왜 그렇게 난 수학이 싫은지, 아무리 잘하려고
해도 숫자만 나오면 머리는 어질어질, 속은 울렁울렁 멀
미가 난다. 결국 화가 난 엄마는 "그렇게 공부하기 싫으면
짐 챙겨 나가." 소리를 질렀다.

　"안녕히 계세요." 인사를 하고 집을 나오긴 했지만, 어

디를 가야 할지, 무엇을 해야 할지 잘 모르겠다. "나가!" 라는 엄마 말에 깜짝 놀라 책상 서랍에 넣어 둔 젤리와 초콜릿, 이번 생일에 받은 레이스 달린 원피스, 수학학원 숙제…. 성급히 가방에 챙겨 나오긴 했지만 지금 제일 생각나는 건 집에 두고 온 침대다. "침대는 어떻게 해요?"라고 물었지만, 엄마는 아무 말이 없었다. 아직 열 밤밖에 자지 못해 자꾸 생각이 난다.

나는 걷다가 지쳐 땅바닥에 주저앉았다. 우연히 밤하늘을 올려다보는데 하얀 눈이 손등에 앉았다. 반가운 마음에 눈 잡기를 시작했다. 이것은 우리 아빠 거, 저것은 동생 거, 저 멀리 혼자 떨어지는 눈 하나는 내 거, 그중에 반짝이며 떨어지는 눈 하나. 왜 엄마 얼굴이 떠오를까? 심술쟁이 우리 엄마. 그렇지만 내가 제일 사랑하는 우리 엄마 눈이다. 가장 크고 반짝이는 함박눈은….

눈 오는 밤 아이를 집에서 쫓아내고 온 동네를 찾아다니다 만난 딸아이. 하얀 눈을 잡으려고 폴짝폴짝 뛰어다니는 모습에 눈물과 웃음이 겹쳤다.

딸아이는 8개월에 양수파열로 2.5kg의 미숙아로 태어났다. 건강하게만 자라기를 매일매일 기도했었다. 그 사실을 까맣게 잊은 채 나는 부족한 점이 많으니까 우리 아이만이라도 완벽했으면 좋겠다고 생각했다. 우리 아이는 모든 것을 다 잘해야 한다고, 그것이 다 아이를 위한 것이라고 여겼다. 이 책을 통해 그동안 아이도 아주 힘들었겠다는 생각이 들었다. 그리고 아이를 키우기 위해서는 부모도 준비가 필요하다는 것을 깨달았다.

"모든 문제는 자식 탓이 아니라 내 탓이다. 이 이치를 이해할 때 비로소 자식 문제를 해결하고 진정한 엄마 노릇을 할 수 있다."

– 법륜(승려)

우리는 누구나 완벽하지 않다. 나도 엄마가 처음이고, 아이도 이 세상을 처음 살아가는데 어떻게 완벽할 수 있을까. 그리고 좀 완벽하지 않으면 어떤가, 지금 우리는 나름대로 행복하게 잘 살고 있지 않은가.

『완벽한 아이 팔아요』 미카엘 에스코피에 글, 마티외 모데 그림, 길벗스쿨, 2017

가장 달콤한 끈

손지민

눈 예보. 사계절의 마지막 계절에 첫눈을 기다린다. 하얗게 소복이 쌓인 눈 위를 뽀득뽀득 걷고 있다 보면 오랜 기다린 만큼이나 마음이 말랑말랑 행복해진다. 세상 속에 숨겨진 나쁜 마음조차 깨끗하게 변하는 마술이 부려져서 모든 사람에게 축복이 내릴 것만 같은 날. 그렇게 눈이 많이 온다는 저녁 예보를 듣고 잠이 들 때면 어린아이가 되어 꽁꽁 언 손으로 눈사람을 만들고, 친구들과 눈싸움하다 울기도 하고, 포대자루를 타고 골목길을 미끄러지던 그 시절 꿈을 꾼다. 그렇게 눈 오는 날은 잊었던 순수한 어린 시절의 나를 떠올리게 해준다.

　근래 겨울에 반포천 길을 따라 산책하다가 오랜 세월을 지닌 겨울나무들의 어우러진 모습을 가만히 들여다보게 되었다. 자신을 다 내비치고 있는 모습이 얼마나 아름다워 보이던지. 몸통을 타고 올라가는 가지들과 그 위를 뻗어나가는 수많은 잔가지. 하늘은 잎으로 뽐낸 나무보다 그대로의 모습으로 서로를 껴안은 나무를 반가워하며 햇살을 더 비춰주는 것 같았다. 우리도 그러지 않을까. 꾸미지 않은 내 모습, 어떤 모습이라도 그대로의 모습으로 함께할 수 있었던 사이. 봄부터 모든 계절을 지나는 모습을 서로가 지켜봐 주는 나무들이 꼭 우리 세 자매 같다. 루이자 메이 올컷의 소설『작은 아씨들』의 네 자매들처럼 말이다.

　눈이 오는 날이면 떠올리게 되는 이 소설은 주인공 조를 중심으로 네 자매 메그, 조, 베스, 에이미의 삶의 이야기를 다루며 가난 속에서도 꿈을 실현하며 성장해 가는 모습을 바라볼 수 있게 한다. 가장 성실한 맏이인 메그,

열정적으로 작가를 꿈꾸는 조, 음악을 사랑하는 베스, 넷째 에이미는 화가로서 성공하겠다는 꿈을 가졌다. 자매들은 아버지의 입대와 병환으로 어머니와 생활하며 지내는데 가난 속에서도 어머니를 따라서 이웃과 나누며 사랑의 의미를 깨닫고 성장해 간다.

네 자매의 어머니 마치 부인은 자녀들에게 본보기가 되는 삶을 살아간다. 자녀들을 사랑하는 마음과 함께 너그러운 성품을 가지고 가족을 위해 애쓰면서도 힘들게 사는 사람들에 대해 자선을 베푸는 배려를 잊지 않는다. 크리스마스 날, 몹시 배가 고픈 상황에서도 굶주림과 추위에 견디기 힘든 어느 집 사정을 모른척하지 않는다. 어머니를 따라 아침 식사를 크리스마스 선물로 양보하는 자매들의 모습을 보면서 부모의 선한 행동은 어떤 조언도 필요치 않을 만큼 자녀에게 스며든다는 것을 알 수 있다. 어머니를 따라 이웃집을 도와주며 메그는 말한다.

"우리 자신보다 이웃을 더 사랑하는 건 좋은 일인 것 같아."

– 『작은 아씨들』, 루이자 메이 올컷, 엘에이치코리아

자매들에게 담겨 있는 이웃에 대한 사랑은 화려한 포장은 아니지만 오래오래 그들 삶의 선물 같은 지표가 될 것이다. 타인의 행복을 보고 행복할 수 있는 삶이라면 자신의 삶에 저절로 빛이 들지 않을까. 자선이야말로 타인의 고통에 대한 공감을 표현할 수 있는 최고의 사랑일 것이다. 그 사랑은 돌봄이 필요한 사람들의 길에 앞장서서 배려와 친절로 함께 걸어가 준다.

요리로 사랑과 나눔을 전하는 마치 부인의 모습은 엄마와 닮아 있었다. 엄마는 삶 속에서 가족에 대한 사랑을 온 정성을 다한 요리로 늘 채워주셨다. 하루도 빠짐없이 그런 사랑을 먹고 우리는 살아갈 힘을 충전하며 자랐다. 그렇게 받은 사랑으로 다른 사람을 둘러보며 손을 내밀어 일으켜주고 친절함을 내어주며 살라고 몸소 보여주셨다.

타인에게 미소 짓는 삶과 아끼는 삶을 실천하며 가족을 위해, 어려운 사람들을 위해 기도하고 기부하는 모습들을 보면서 따듯한 세상을 느꼈다. '전 엄마의 반도 못 따라갈 거예요.'라는 메그의 말을 그대로 엄마에게 존경의 진심을 담아 건넨다. 그리고 그 선한 길을 따라가고 싶다고.

어머니를 따라 가진 것과 나눔의 삶은 비례하지 않는다는 것을 실천하는 네 자매처럼 그렇게 우리도 부모님을 닮아간다. 주위의 작은 생명 하나도 소홀하게 대하지 않으시고, 두 개를 가졌으면 둘 다를 타인과 함께 나누는 아빠의 삶을 보면서 타인의 삶과 내 삶이 연결될 때 우리는 더 힘을 얻을 수 있다는 것을 가슴으로 배워나갔다. 매번 손해만 보시는 것 같아서 어린 마음에 투덜대던 때도 지나고, 이제는 많은 것을 가져도 그 삶에 타인이 없다면 불행하다는 것을 알기에 함께하는 삶, 연대하는 삶이 마냥 기쁘다.

마음을 다하신 보살핌으로 자라난 우리 세 자매는 부모님께서 물려주신 가장 긴 달콤한 끈으로 푸근하게 묶여 있다. 네 자매처럼 우리도 묶여진 끈을 의지하며 각자 다른 꿈을 꾸며 성장했다. 여느 자매와 비슷하게 학생 시절에는 옷을 몰래 입고 나가는 것으로도 투닥투닥하였는데, 그러다가도 저녁이면 『작은 아씨들』 주인공들이 모닥불 앞에 모여서 하루 이야기를 공유하며 깔깔 웃음을 내었듯이 우리도 서로의 이야기로 내일의 힘을 얻어 나갔다. 에이미가 베스 언니의 모습을 보면서 나쁜 버릇들을 고치고 이기적이지 않으려고 노력하는 것처럼, 서로의 모습을 거울삼아 좋은 모습을 닮아가며 성장해 나갔다.

이제는 각자의 공간에서 각자의 길을 걷고 있지만 어려움에 부닥치면 번개처럼 나타나서 강하게 결속하는 모습이 그들과 다를 게 없어서 소설을 읽는 내내 미소가 지어진다. 우리가 함께 골목길에서 손을 잡고 누볐던 기억에서부터 여전히 내 일이라면 산타같이 찾아오는 동생들과 하하 웃음소리에 눈주름이 늘어갈수록 고마움은 깊어진다.

첫째 메그 마치가 동생들을 챙기며 조언해 주는 모습에서 나를 만나기도 했다. 어렸을 적 성당에 가야 할 때 동생들을 데리고 가야 했다. 손을 잡고 가다 보면, 모험가조 마치와 닮은 동생은 어느새 잡았던 손을 뿌리치고 문방구로 향하거나 친구들을 몰고 다니느라 바빠서 찾아다녔던 기억. 유치원생 막내는 내 손을 꼭 잡고 폴짝폴짝 걷다가도 어른들이 인사라도 건네면 울고 숨어서 달래던 기억. 그때 나도 아이였는데. 친구들과 이야기할 시간을 포기해야 해서 나도 언니나 오빠가 있었으면 좋겠다고 생각하던 어렴풋한 추억들. 그렇게 오고 가는 길에 혹여라도 동생들이 다치지 않을까, 잃어버리지 않을까 걱정하며 진땀이 났던 기억들이 고스란히 소환되었다. 누가 동생을 울리기라도 하는 날이면 세상 무너질 거 같던 슬픔을 껴안던 언니라는 이름. 그 오래된 책임감은 지금은 어디쯤 와 있을까.

조는 메그 언니가 부자인 테디랑 결혼해서 평생 호강하며 살기를 바라며 작전을 짜지만, 실패로 돌아간다. 평범한 존과 결혼해서 안타까워하지만, 오히려 메그는 허세 부리고 싶던 모습에서 나아가 타인의 시선을 벗어나 진정한 자신으로 성장해 갈 수 있었다. 그런 모습을 보면서 실패한 작전이 오히려 좋은 정답이 될 수 있다는 것에 연신 고개를 끄덕이게 된다. 한때는 동생들에게 언니라는 이유로 '이렇게 가는 길이 안전해.'라며 좋은 정답이 정해져 있는 것처럼 조바심을 내기도 하고, 다른 길을 가는 동생들에게 조처럼 슬퍼하고 마음 졸이던 과거의 시간이 떠오른다. 그런 시간을 지나고 지나서 이제는 각자의 길에서 만난 삶의 몫을 응원한다. 언제든 쉼이 필요할 때, 조용히 머물고 싶은 휴식 같은 언니가 되어주길 바라면서.

　네 자매가 아버지와 베스의 병을 겪어내듯이 인생에서 혹독한 겨울을 지날 때가 있다. 예보도 없는 대설주의보를 맞이할 때 어떻게 대처해야 할까. 여행길에 갑작스러운 눈이 허벅지까지 쌓여서 몸도 차도 꼼짝 못했던 기억처럼, 보통의 일상에 들이닥친 눈 더미를 치울 수도 없게 고립되어 희망을 잃어버린 적이 있다. 중요한 일을 앞두고 아이와 나에게 사고와 병으로 예기치 않던 날의 절망감을 겪어내는 건 혹독했다. 숨어버렸던 그 애도의 시간은 문학과 만나는 사적인 공간에서 조용히 머물렀다. 그 때의 나에게 마치 부인이 해주는 말은 위로가 되었다. 그렇게 현실이 우리를 가슴 아프게 할 때에는 조용히 머물 수 있는 장소가 있다는 게 좋은 일이라고. 그 장소에서 읽어가던 타인의 이야기는 나의 이야기가 되어서 내게 응원의 손길을 내밀어 주며 곁에 있어 주었다. 닮은 슬픔을 쓰다듬으며. 상실의 시간을 안아주고 눈 더미는 녹아졌다.

폭설이 내려도 우리 모두에게 필요한 것은 눈을 함께 쓸어주는 누군가가 아닐까. 내게 문학이 그러하듯이, 앞으로 인생이 겨울을 지날 때라도 움츠리고 도망가지 않을 만큼 주위의 달콤한 끈들을 와락 붙들 것이다. 달콤한 끈들이 언제나 기다리고 있으니까. 어떤 날씨에도 서로가 서로에게 달콤한 끈이 되어준다면. 그런 사람이 당신이고 나였으면. 그렇게 우리가 문학에 흐르는 연민의 정을 함께 나눈다면 내일의 날씨를 한껏 기대할 수 있을 것이다. 세상 모든 이야기의 힘을 얻어 새로운 내일을 함께 걸어가길.

"문학의 본질은 언제나 정(情)이다. 그 속에는 예전에도 있었고 앞으로도 있을 자연적인 슬픔, 상실, 고통을 달래 주는 연민의 정이 흐르고 있다."

– 피천득, 「순례」 중에서

『작은 아씨들』 루이자 메이 올컷 글, 강미경 옮김, 엘에이치코리아, 2020

오늘도 그대가 그립습니다

유현숙

　박완서 님은 내가 가장 좋아하는 국내 작가다. 그녀의 글을 읽고 있으면 현대사를 살아낸 여인의 삶이, 특히 전쟁과 분단을 겪은 우리네 어머니의 삶이 눈에 보이듯 생생하게 그려져서 좋다. 그녀의 글을 읽으면 어머니가 생각나고 어머니가 살아오셨을 지난했던 시절을 굳이 역사로 공부하지 않아도 저절로 이해하게 되는 것이다.

　박완서 님은 떠나셨지만 지금도 작가의 기일이 있는 1월만 되면 그리고 눈만 내리면 이상하게도 다시 찾아 읽게 되는 그녀의 작품 중에 나이가 들수록 더 찾게 되는 작

품이 『너무도 쓸쓸한 당신』이다. 이 책은 12편의 단편이
실린 소설집인데 중년 이후의 삶을 다양하고 세밀하게 그
리고 있어 나이 들수록 현실감 있게 다가온다.

> "늙은이 너무 불쌍해 마라, 늙어도 살맛은 여전하단다, 그
> 래 주고 싶어 쓴 것처럼 읽히기도 하는데 그게 강변이 아
> 니라 내가 아직도 사는 것을 맛있어하면서 살고 있기 때
> 문에 저절로 우러난 소리 같아서 대견할 뿐 아니라 고맙
> 기까지 하다."
>
> **— 『너무도 쓸쓸한 당신』, 박완서, 창비**

서문에 쓰여 있는 작가의 글이다. "늙어도 살맛은 여전"
하고 "연륜을 당당하게 긍정하고 싶다."라는 작가의 말에
공감한다.

책 제목이기도 한 『너무도 쓸쓸한 당신』은 아들의 졸업
식 날 오랜만에 만난 남편을 보며 중년 여성이 느끼는 슬
픔, 쓸쓸함과 연민이 담긴 내용인데, 개인적으로는 치매

노인의 삶을 이야기하고 있는 『환각의 나비』가 더 와 닿았다. 엄마를 모시고 살다가(직장생활을 하는 나를 엄마가 도왔다고 하는 것이 더 맞을 것이다.) 조금씩 치매 증상이 나타나는 모습과 마침내 하늘로 가실 때까지의 과정들이 주인공이 겪는 경험에 투사되어서 눈이 뜨거워지기도 하였다. 소설에 나오는 주인공의 어머니처럼 나의 엄마도 가실 때까지 순하고 천진한 어린아이처럼 지내다 가셨다.

치매에 걸려 요양원에 계실 때에도 매번 책을 갖다 달라고 요청할 정도로 책을 좋아하셨던 엄마. 사춘기 이후 나는 엄마가 허난설헌을 닮았다고 늘 생각했다. 허난설헌의 이름도 네 글자, 엄마 이름도 네 글자. 그 시대에 드물게 귀하게 지은 여자 이름. 그 시대에도 엄마를 얼마나 귀하게 여겼는지 알 수 있는 외할아버지의 사랑이 담겨 있는 이름이었다. 1928년생이신 엄마는 그 시대에 여자도 배워야 한다는 외할머니의 의지로 여학교를 졸업하고 초등학교 교사를 하셨다. 그런 외할머니를 존경하는 마음으로 엄마는 항상 외할머니 이야기를 하셨다. 외할머니는 그 마을에서 유일하게 글을 읽을 줄 아는 여자였다고. 그래서 동네 아낙들의 편지를 읽어주고 대신 써주는 지혜로운 여자였다고. 엄마는 할머니를 따라가려면 멀었다고 늘 말씀하셨다.

'참으로 아까운 여자'

머리가 굵어지면서부터 저 똑똑한 사람이 평범한 엄마가 되어 내 곁에서 밥을 하고 있다니 아까운 생각이 들었다. 언니랑 우리끼리는 엄마가 시대를 잘 타고났더라면 굉장히 큰사람이 됐을 거라고 말하곤 했다. 가부장적인 사회에서 그런 아까운 여자들이 한두 명이었을까. 그 아까운 여자가 해주는 밥을 먹으며 마치 내가, 선녀가 하늘로 가지 못하게 옷을 숨겨둔 사냥꾼인 것마냥 미안한 마음이 들기도 했다.

자식이란 얼마나 어리석고 철없는 존재인지 결국에는 겪어보고 엄마 나이가 되어서야 그 마음을 이해할 수 있다. 젊은 시절, 얕은 지식으로 머리만 커서 따지듯 대들던 철없음이 너무나 부끄러워지는 중년이다. 나이가 든다는 건 나의 철없었음을, 그 부끄러움을 알아가는 과정일지도 모르겠다.

식민지 시절 태어나서 해방과 한국전쟁 그리고 분단이라는 모진 세월을 겪었음에도, 엄마의 사랑은 독하지도 않고 모질지도 않은, 그저 무게 없이 내리는 포근한 눈 같아서, 지금도 눈이 내리면 엄마의 사랑이 하늘에서 내리는 듯 마음이 포근해진다.

오십이 넘어 육십을 바라보는 나이가 되어도 엄마가 그리워질 줄은 몰랐다. 엄마라는 존재는 죽을 때까지 그리운 것인가. 죽음이란 결국 그리운 이에게 가는 것이 아닐지…. 그래서 나는 죽음이 별로 두렵지 않은 것 같다. 살아 있어도 서로 바빠 못 보고 사는 경우가 많은데, 죽음이라는 한 차원을 통과하면 그리웠던 이들을 다시 보고 평생 볼 수 있으니 얼마나 좋을까 생각한다면 철없다 할까.

엄마가 떠나신 날에도 눈이 내렸다. 엄마를 선산의 아버지 곁에 함께 모시고 돌아오는 길에는 함박눈이 쏟아졌다. 오늘도 눈이 내린다. 사랑이 쌓인다. 엄마가 보고 싶다.

『너무도 쓸쓸한 당신』 박완서 글, 창비, 2000

엄마의 흔적을 더듬으며

이주연

    나는 엄마다. 이제 막 나를 "엄마, 엄마."라고 부르는 갓 난쟁이 딸아이의 엄마. 예정에 없던 수술실에 들어가기로 결심할 때부터 수술을 끝내고 아이를 만나던 그 순간까지 아마도 그 병원에서 가장 많이 운 산모가 내가 아닐까 싶다. 간호사와 의사, 남편까지도 다 괜찮으니 그만 울라며 다들 새어 나오는 웃음을 참아대며 말했으니 제법 유난스러운 꼴이었을 것이다. "딱 너 같은 애 낳아서 키워봐라."라던 엄마의 말씀처럼 나를 꼭 닮은 딸을 낳았다. 엄마 속을 썩인 만큼 눈물이 난다던데 아무리 눈물을 참아보려

해도 이건 당최 내 의지대로 삼켜지는 것이 아니었다. 이렇게 울면 속개나 썩인 딸 인정하는 꼴인데도 말이다.

신생아실에 누워 잠든 아이의 머리맡에 '이주연의 아기'라 적혀 있는 이름표를 어리숙하게 한참이고 쳐다보았다. 아직 이름도 없는 아기. 제 눈을 감고 뜨는 것조차 힘겨워하는 이 아이가 내 아이라니. 모성은 타고나는 것이 아니라 만들어지는 것이라고 굳게 믿고 있던 내 신념을 말도 못 하는 이 조그만 아이는 대수롭지 않게 무너뜨려 버렸다. 유리창 너머의 아이를 보자마자 순식간에 아이 외엔 모든 것이 아웃포커스 되었다. 그 순간, 이 아기가 내 삶에서 아주 중요하고 소중한 존재가 될 거라 확신했다. 신파는 곧 죽어도 싫다던 내가 '무슨 일이 있어도 내가 너를 지켜주겠다.'라는 뻔하디 뻔한 말을 읊조리다니. 감히 한 번도 느껴보지 못한 감정이었다. 아마 내가 할 수 있는 가장 순수한 사랑일 거라 직감했다.

바야흐로 일천구백구십일 년 시월 십이 일. 엄마의 27

번째 생일날. 하얗고 곱던 살에 칼로 그것을 일렬로 갈라 그 틈을 비집고 내가 태어났다. 엄마 품에 가만히 안겨 세상의 무서움 따위 알 길이 없어서 할 수 있었던 말을 참 많이 내뱉었다. 북한도 무서워 남침 못 한다는 중2 땐, 지랄이 단단히 나 누가 낳아 달랬냐며 고래고래 소리를 질러댔다. 본디 나 스스로 잘나서 옷도 척척 입고 밥도 뚝딱 먹으며 그렇게 자란 줄 알았다. 머리가 제법 큰 후로는 내 좁고 작은 세계에서 가장 만만한 상대가 엄마라는 걸 직감했고 세상에 지르고 싶었던 악을 엄마에게 내질렀다. 험한 말을 하고 나쁜 행동을 해도 엄마니까, 엄마만은 나를 버리지 않을 거라는 걸 알았기에 가능했던 일이었다.

'엄마처럼 바보 같이 살지 않을 거야.' 딸들이 한 번쯤 다짐하는 말처럼, '엄마처럼 살지 말라던' 엄마의 바람처럼 나는 오랜 시간 저 말을 자주 되뇌며 살아왔건만 지금의 나에게서 거짓말처럼 엄마를 자주 만난다. 좋아하는 취향, 입맛은 말할 것도 없고 아이를 대할 때 표정, 말투, 행동 하나하나에서 나의 엄마 혜정 씨와 판박이다. 엄마를 부정했던 시간 안에서도 나는 엄마를 참 많이 닮아 왔고, 닮았으며, 닮으려 노력했다. 세상 혼자 나고 절로 자란 줄 알았지만 무슨 일이라도 생길라치면 엄마부터 찾던 울음, 엄마를 제일 무서워하면서 동시에 만만히 여겼던 모든 것이 다 모순이었다. 그 모순됨에서도 혜정 씨와 나는 엄마와 딸이라는 이유로 끈끈하게 이어져 있었다. 엄마와 딸, 그 이름 하나로 그저 모든 게 용서되는 사이였다. 엄마가 울 때면 나도 울었고, 엄마가 웃으면 나도 이내 따라 웃었다. 엄마의 고락이 다 내 것만 같았다.

아이를 낳고 기르면서 내 유년의 역사를 다시금 짚어본다. 때론 기억나지도 않는, 기억날 리 만무한 돌잡이 아이의 행동에서 내 모습이 겹치며 익숙함을 느낀다. 내 아이를 바라보는 내 엄마의 눈을 가만 보고 있자면 그저 다 헤아려지는 것이다. 이렇게 저렇게 자라난 이주연의 역사를 훑으며 내 안의 서운함, 아쉬움, 후회, 연민에 말을 걸고 애정, 순수, 애착을 키워낸다. 그러다 다시금 새 어린이로 태어나는 것만 같은 순간이 있다. 지난겨울 아이와 첫눈을 보러 눈곱도 채 떼지 않고 서둘러 뛰쳐나갔던 그날처럼.

내가 살았던 따뜻한 남쪽 나라는 한겨울에도 눈을 보기 어렵다. 자연히 내 부모와 눈과 관련한 추억이 없다. 새초롬히 내리던 눈발을 어떻게 해서든 솜뭉치로 뭉쳐보겠다고 나섰으나 마음만큼 내려주지 않는 눈에 실망한 게 한두 번이 아니다. 그럴 때면 자리를 뜨지 못한 미련에 눈을 감고 아무도 밟지 않은 새하얀 눈밭을 마음껏 상상했다. 그 풍경은 언제고 엄마의 품을 떠올리게 하였다. 사진으로만 기억하는 눈 내리던 어느 날, 갓난쟁이던 나를 감싸 안은 눈보다 더 하이얀 사진 속 엄마의 모습 말이다. 세월이 흘러 현재의 나는 심심찮게 눈이 내리는 곳에서 지낸다. 폴폴 내리는 눈을 보여주고 싶어 설레는 마음으로 아이의 손을 잡고 나설 때, 순식간에 어린 시절의 내 모습과 그런 내 곁을 함께하던 엄마를 소환했다. '우리 엄마도 이토록 설렜겠지.' 내 아이에게 첫눈을 보여줄 때의 내 마음처럼. 아이의 첫 순간을 함께할 때마다 내게 이 모든 처음을 알려준 엄마를 절로 떠올리게 된다.

세상에 태어나 수많은 '처음'을 함께한 엄마와 나는 그 시간 안에서 우리가 낳은 사랑으로 돈독해졌다. 몇 시간 쉴 새 없이 떠들기도 하지만 아주 사소한 것으로 투덕거리게 되는 엄마와 딸은 이상한 관계다. 무어라 한마디로 정의 내리기 어려운 이 관계를 이슬아 작가의 책 『나는 울 때마다 엄마 얼굴이 된다』에서도 찾아볼 수 있다. 서로를 선택할 수 없었던, 태어나 보니 제일 가까이에 있었던 복희라는 사람과 우연한 우정을 담은 책이다. 엄마를 엄마라고 칭하지 않고 '복희'라는 그녀의 이름을 쓴 것부터 마음에 들었다. 앉은 자리에서 단번에 다 읽어버린 나는 어여쁜 복희의 이야기에 바로 빠져들었고 나의 엄마 혜정 씨의 삶까지 같이 되짚어 보며 읽느라 꽤 분주했다. 복희가 웅이를 만나 결혼한 썰, 복희가 생업으로 이런저런 일을 거쳤던 것, 작가의 어린 시절 복희가 해주었던 오징어 김치부침개 등. 어쩌면 엄마보다 엄마를 더 잘 아는 딸이 기록한 복희 역사서 같기도 하였는데 그게 참 오묘한 마음을 가지게 했다.

나의 엄마 혜정 씨는 말주변이 좋지 않다는 이유로 말을 아끼던 사람이었다. 평소와 다름없던 그날 밤, 한 가지 달랐던 건 엄마와 내가 나란히 잠들지 못했다는 것이었다. 고된 일과 살림으로 머리만 닿으면 힘찬 코를 골던 엄마가 그날만큼은 자진해서 내 말벗이 되어주었던 것이 나로선 제법 신이 날 수밖에 없었다. 적적한 새벽은 엄마의 어린 시절에서부터 엄마의 이루지 못한 첫사랑, 대학 시절을 거쳐 아빠와의 첫 만남과 우리를 낳고 기른 일까지 끝없이 이어졌다. 무슨 말을 하다 별 뜻 없이 한 질문에 엄마가 한 대답은 평생 내 마음을 다잡게 했다.

"호랑이가 죽어서 가죽을 남기듯 나는 너희들을 남긴 거야. 너희는 내가 살아온 흔적이고 전부야."

훗날 엄마가 떠나고도 '나'라는 사람이 남아 엄마의 흔적이 되어준다는 말을 책 읽으며 내내 생각했다. 엄마의 눈, 코, 입, 엄마의 손 크기, 발 치수, 엄마가 가장 좋아하는 음식, 좋아했던 노래, 엄마 냄새, 엄마 요리, 엄마의 말에 담긴 속뜻 하나하나까지 되도록 제일 많이 기억하는 사람이 '나'이고 싶어졌다. 그 마음은 다행히 변하지 않고 몇 년이 흐른 지금까지도 이어지고 있다. 아이를 낳고 보니 더 궁금한 것투성이다. 엄마는 뭐가 이렇게 궁금한 게 많냐고 날 귀찮게 여길 때도 많지만 꿋꿋이 오래도록 아니 평생 혜정 씨의 삶이 궁금할 것만 같다. 그리고 언젠간 엄마를 회고하며 긴 글을 써낼 것이다. 언제나 귀여운 눈꽃송이 같던 나의 혜정 씨를.

 『나는 울 때마다 엄마 얼굴이 된다』 이슬아 글, 2018

선물처럼 오는 시간

이혜정

아침저녁의 공기가 서늘해지며, 겨울이 다가오고 있음을 느낀다. 겨울이 오면, 나는 어린 아이처럼 겨울방학을 기다리며 설렘을 느낀다. 방학은 나에게 쉼과 자유를 느끼게 해주기 때문이다.

무엇인가 기다린다는 것은 어떤 마음일까.

겨울이 되면 나의 가장 큰 기다림은 눈이다. 첫눈이 올 것이라는 소식이 들려올 때면 겨울이 마침내 찾아왔음을 느낀다. 그 차가운 눈을 기다리는 마음에는 어떤 의미가 담겨 있을까?

첫눈, 그 아름다운 순간, 사람들의 마음을 설렘으로 물들이는 마법이다. 그 순간, 사람들은 전화하고, 메시지를 보내고, 기념일을 축하하며 시간을 보낸다.

나는 특히 운전하는 동안 눈송이가 내릴 때, 내 마음속은 즐거움으로 가득찬다. 홀로 느끼는 그 순간의 자유로움, 창문에 춤추는 솜사탕 같은 눈송이들은 마치 내가 다른 세상에 있는 듯한 기분을 선사해 준다.

첫눈이 내리는 날, 차 안에서의 음악, 그 중에서도 아들의 플레이리스트에서 흘러나오는 다이나믹 듀오의 〈싱숭생숭〉이 최고다. 마치 내 마음을 그대로 읊어주는 듯한 가사가 내 귀에 꽂힌다.

첫눈이 내려와요. 눈이 내려와.
기다린 적도 없었는데 막상 떨어지니 좀 설레.
첫눈이 내려와요. 눈이 내려와.

– 다이나믹 듀오, 〈싱숭생숭〉

어린 아이와도 같이, 강아지와도 같이, 눈이 내리는 날에는 왜 밖으로 나가고 싶은지. 그 마음을 알 수 없어 그저 눈을 바라보며 생각에 잠기기도 한다. 눈이 내리는 순간, 기다림의 끝에서 마침내 소중한 무엇인가가 찾아올 것 같은 느낌이 든다.

하얀 눈이 내려 세상을 뒤덮고, 어제와 다른 하루를 마주할 때면 알지 못하는 세계가 내 안에 들어오는 느낌이 든다. 낯설고도 설레는 감정이 내 마음을 감싸준다.

나는 늘 익숙한 것이 편하다는 것을 알지만, 눈이 내리는 세상만은 예외다. 아무도 알지 못하는 새로운 세상이 펼쳐지는 여행 같아서 더 기대된다.

나이가 들면 눈은 반가운 존재가 아니라 걱정스러운 존재가 된다는데 여전히 눈을 보면 마음이 설레는 것은 어째서일까? 어쩌면 아직 철이 덜 들었거나, 나이를 제대로 먹지 못한 탓일지도 모른다.

아이스 아메리카노를 들고 쏟아지는 눈을 바라보며 창

가에 앉아 있을 때면 마치 눈송이들이 춤추는 스노볼 안에 들어와 있는 듯한 환영이 내게 다가온다.

소리도 없이 내리는 눈, 그 차가운 숨결이 나의 모든 고민을 씻어내 주는 듯 나는 멍한 행복감에 빠져든다.

눈이 막 쏟아지는 날은 새벽이나 한밤중에 나가 아무도 밟지 않은 그 흰 눈을 뽀드득 밟고 싶다. 그리고 밤하늘의 어둠을 뚫고 내리는 눈을 바라보며, 그 순간의 고요함을 즐기고 싶다.

눈, 그 고요한 선물은 일상 속에서 살며시 다가온다.

인생의 모든 순간들이 마치 눈이 내리는 것처럼, 선물처럼 우리에게 온다.

눈이 내리는 순간, 나의 마음속에는 내일의 희망이 떠오른다.

눈 속에 파묻힌, 아무도 알지 못하는 선물 꾸러미의 비밀을 풀지 못한 듯하다.

매 순간 그 가치들은 모두 소중하며, 누구나 아름다운

존재임을 책은 일러준다. 그리고 눈을 통해 우리는 누구
에게나 공평하게 주어진 시간을 마주할 수 있다.

각자의 여정 속에서 그 시간을 특별하게 간직하며 선물
같은 순간들을 경험하고 그 속에서 우리의 마음을 키워나
가며 인간애를 발휘하는 삶이 될 수 있다는 것을 알게 되
었다.

인생의 모든 것들 건강, 자부심, 자존감… 이 모든 것
들은 남들과 마찬가지로 소중하다는 것을 알게 된다. 끊
임없이 느끼는 만족감이야말로 인생의 가장 큰 보물이라
는 것도 깨달았다. 내가 살아 있는 한 남들이 기대하는 대
로가 아니라 내가 바라는 존재로 지내는 것이 중요하다는
것이다.

인생의 여정 속에서, 어제의 순간, 오늘의 일상, 내일의
기대 모두, 그 모든 것이 나의 선택과 계획에 따라 변화하
는 것이 아니다.

때로는 비틀리고, 엉키고, 끊기는 그 모든 어려움 속에

서도 자연의 아름다움이 내 안에 스며든다.

눈의 반짝임 속에서 느끼는 행복은 그 무엇과도 비교할 수 없는 것이다.

머릿속을 가득 채우는 생각들의 미로 위로 하얀 눈이 내려오면, 모든 것이 잠시 숨을 쉬는 듯한 평온함을 느낀다.

이토록 아름다운 선물이라니!

알 수 없는 시간 속에서, 가끔은 선물로 다가오는 기쁨을 누리며 살아가는 인생.

이보다 더 멋진 일이 없을 것이다.

『이토록 멋진 인생이라니』, 모리 슈워츠 글,
공경희 옮김, 나무옆의자, 2023

어두워야 더 빛난다

홍창숙

　결혼식 날 하얀 눈이 내리면 잘 산다는 말이 있다. 나의 결혼식에 몇십 년 만의 폭설이라는 엄청난 눈이 내렸다. 버스 운행이 멈추었고 교통대란이 일어나 결혼식에 오지 못한 사람들이 속출했다. 설상가상으로 비행기가 결항하여 신혼여행을 첫날에 떠나지도 못했다. 급하게 잡은 허름한 호텔에서 첫날밤을 보내야 했다. 사람들은 결혼식 날 눈이 왔으니 잘 살 거라고 애써 위로의 말을 건네주었다. 하지만 이미 마음이 상할 대로 상해서 전혀 도움이 되지 않았다.

사실 그 말이 사실이든 아니든 중요하지는 않다. 다만 인생은 쉬운 여정은 아니라는 것은 안다. 우리 삶이 마냥 눈처럼 하얗게만 보이는 그대로라면 얼마나 좋을까? 하지만 표면적으로 보이는 눈의 이미지와 반대로 현실의 인생은 지저분하게 녹는 눈에 가깝다. 눈을 맞아 춥기도 하고, 쌓인 눈에 발이 젖기도 하며, 때론 감기에 걸리기도 한다. 바닥의 흙과 눈이 뒤섞여 온통 인생의 앞길이 안 보일 만큼 진창길일 때도 있다.

내 고향은 따뜻한 남쪽 지방이다. 그래서 어린 시절에는 눈을 본 적이 별로 없었다. 어쩌다 눈이 내리면 그날은 온통 축제 날이 되었다. 학교에서 공부하다가도 눈이 오면, 우리는 함성을 지르며 운동장에 뛰쳐나가 강아지처럼 방방 뛰며 눈을 맞았다. 그렇게 어린 시절의 눈은 반가운 손님이었다. 하지만 결혼식 날부터 눈은 불청객으로 바뀌었다.

『작은 공주 세라』는 우리가 잘 알고 있는 '소공녀' 이야기이다. '소공녀'는 일제강점기 때 일본어 번역에서 나온 제목이라고 한다. 그래서 이 책은 『작은 공주 세라』이다. '소공녀' 하면 공주처럼 대우받는 부잣집 딸인 세라가 떠오른다. 하지만 책에서는 아버지의 죽음 이후 민친 기숙학교의 하녀로 전락해 힘들게 살아가는 세라의 모습이 대부분을 차지했다. 세라에게는 겨울이 특히 더 혹독했다. 눅눅하고 질척거리며 추웠다. 시련을 겪는 세라를 보면서 우리 인생을 보는 듯했다.

학창 시절에는 '공주'라는 단어에 꽂혀 부잣집 딸인 세라가 마냥 부럽기만 했다. 풍성한 금발 머리, 화려한 드레스, 진귀한 물건들로 가득한 방, 돈 많고 자상한 아버지…. 나는 소설 속의 세계에 빠져 상상하기를 좋아했던 소녀였다. 그래야 공부 스트레스를 잠시나마 잊을 수 있었다.

하지만 지금은 부잣집 딸보다는 세라가 겪은 그 역경이 보인다. 세라는 춥고 배고프고 힘든 환경을 극복하기 위해 자신을 '공주'로 상상했다. 공주라 생각하니 자신보다 더 배고픈 거지 아이에게 빵을 나눠줄 수 있는 여유가 생겼으며, 민친 기숙 학교 부엌데기인 베키에게도 따뜻한 친구가 되어줄 수 있었다. 나는 상상력이 주는 강력한 힘을 믿는다. 나도 과거에 행복했던 기억을 떠올리며 추운 겨울 같은 힘든 현실을 버티었던 시간이 있었다. 상상이 없었다면 이겨내지 못했을 것이다. 상상은 한 줄기 희망의 끈이었다. 판도라의 상자에서 '희망'이 남아 인간들에게 살아가는 이유를 주었듯이, 세라와 나에게 '상상'은 든든한 동아줄이었다.

또한, 세라의 가장 큰 힘은 상상력으로 이야기를 지어내는 것이었다. 우리가 살아가는 인생도 하나의 이야기이다. 우리는 자신의 이야기를 지으며 산다. 세라는 누구보다도 자기 인생 이야기를 잘 만들었다. 비록 누더기와 넝마를 입고 하녀처럼 살았지만, 자신의 인생에서 주인공이었다. 세라는 주연이었기에 자신이 원하는 방향으로 이야기를 만들었다. 인생의 주인공이 자신임을 잊지 않았다. 우리는 누구나 인생의 주인공이다. 그렇기에 공주처럼 당당하고 멋진 주인공으로 살아야 한다.

살다 보면 우리는 민친 원장처럼 철저하게 자신의 이익만 따지는 사람도 만나고, 민친 교장의 여동생인 어밀리아 선생님 같은 나약하고 방관자적인 사람도 만난다. 그리고 라비니아처럼 시샘하며 괴롭히는 사람을 겪기도 한다. 이런 사람들은 우리의 삶을 힘들게 하고 좌절하게 만들 수도 있다.

그런데도 우리가 인생을 포기하지 않고 계속 살아갈 수 있는 이유는 좋은 사람들이 있기 때문이다. 세라가 부자이건 가난하든 상관없이 항상 곁을 지키는 단짝 친구 어먼가든과 동병상련 마음을 나눌 수 있는 베키가 곁에 있었다. 이런 친구들은 세라가 어려운 상황에서도 희망을 잃지 않고 꿋꿋하게 살아갈 수 있는 원동력이 되었다.

1888년에 프랜시스 호지스 버넷이 쓴 이 소설은 시련과 역경을 대하는 자세에 대해 생각하게 만든다. 무겁고 아픈 현실에서도 당당하게 살아가는 세라를 보면서 위안도

얻는다. 물론 우리 삶은 세라처럼 모두가 행복한 결말이 될 수는 없다. 하지만 세라가 역경을 대하는 마음가짐은 본받을 필요가 있다. 그것은 어떤 상황이 오더라도 인생의 주인공으로 살아갈 힘이 될 것이다.

혹 지금 추운 겨울을 보내는 사람이 주변에 있는지 돌아보는 것은 어떨까? 나의 작은 관심이 그들에게 희망이 되고 따뜻한 햇살이 되리라 믿는다.

기억에 남는 문장을 소개하며 글을 마친다.

"분노는 강하지만, 그보다 더 강한 건 분노를 통제하는 힘이야."

– 『작은 공주 세라』, 프랜시스 호지스 버넷, 월북

『작은 공주 세라』 프랜시스 호지스 버넷 글, 오현아 옮김, 월북, 2019

오늘 당신 삶의 날씨는 어떠한가요?

책 『오늘 당신의 날씨는 어떠신가요?』는 아주 평범한 어느 겨울 끝자락, 우연한 전화 한 통으로 시작되었습니다. 서먹하지도 가깝지도 않은 선생님의 연락이 평소라면 멈칫할 법도 한데 이상하리만큼 전화를 받는 제 모습엔 머뭇거림이 느껴지지 않았습니다. 이제 막 돌이 갓 지난 아기를 품에 안고 있던 저에게 누구든 손길을 내어준다면 덥석 잡고 싶었던 나날이었나 봅니다. 함께 책을 쓰고 싶다는 제안과 또 동의하는 과정에서 우리의 목소리엔 떨림과 긴장감이 묻어났습니다. "함께 책 쓰기를 동행하면 해낼 수 있을 거 같아요." 화답하는 제 메시지엔 '책을 쓰는 것'보다는 '함께'라는 말에 힘이 실렸습니다. 한 선생님의 용기로 저마다 사연을 가진 6명의 선생님이 함께 길을 걷기 위해 모였습니다.

우리는 글을 쓰는 내내 독자들에게 우리의 책이 마치 부드러운 바람처럼 느껴졌으면 좋겠다고 소망하였습니다. 살랑살랑 어여쁜 바람처럼 편안한 글이 되길 바라며 편안하고 진솔하게 쓰려 노력했습니다. 어쩌다 마주하는 특별한 상황이 아닌 누구나 경험하는 평범함 속에서 각자의 이야기를 꺼내기로 했습니다. '맑음, 바람, 비, 구름, 눈' 자연의 변화는 우리 인생사와 참 많이도 닮았습니다. 우리는 매일 아침 창밖을 내다보며 오늘의 날씨를 확인합니다. 맑은 날씨엔 기분이 좋아지고, 비가 오는 날에는 우산을 챙깁니다. 가을이 오면 우수에 젖고 첫눈이 내릴 땐 사랑하는 이를 떠올립니다. 적지 않은 날을 날씨에 맞춰 우리의 일상과 감정이 조절되고 삶의 방향에 영향을 미치기도 합니다. 어쩌면 매일 그럴지도 모르겠습니다. 우리 삶의 일부분으로 자리 잡은 날씨를 책의 주제로 연결 짓게 된 것은 익숙함 속에서 우리의 이야기를 발견하게 해주기 때문입니다.

날씨와 삶의 교차점에서 발견한 통찰과 깨달음을 쓰기 위해 먼저 충분히 '나'를 들여다보는 시간이 필요했습니다. 어느 날은 한 글자 쓰지도 못한 채, 한참이고 깜빡이는 커서를 가만히 바라보며 마음껏 시간을 축내기도 했고 또 어떤 날은 내 생각이 따라가기 벅찰 정도로 빠르게 내면의 소리를 내지르기도 했습니다. 진실하고 솔직한 글을 쓴다는 것은 먼저 나 스스로를 직면할 용기에서 비롯되는 것이었습니다. 원고를 보내기로 약속한 매주 월요일 자정엔 한 주간의 흔적이 고스란히 묻은 6편의 글을 서로 주고받았습니다. 참으로 신기한 것은 마치 짜기라도 한 듯 우리는 아주 비슷한 것들을 공유하고 있었습니다. 이를테면 책의 마지막 장인 '눈'과 관련한 이야기에 '엄마'를 대부분 떠올린 것처럼 말입니다. 유사한 경험을 나눈 우리는 서로의 글에 위로를 얻고 또 지지를 해주며 그렇게 이 책이 완성되었습니다.

날씨는 우리와 대화하고, 우리를 기억해 주었습니다. 글을 쓰며 지나간 시절 인연을 떠올렸고 묻어두었던 미해결된 케케묵은 감정들까지 다양한 기억을 소환시켜야 했습니다. 내가 이렇게나 못났던가, 때로 글을 쓰며 스스로에게 실망스러웠습니다. 내 진심이 전해지길 바라며 화해의 손길을 전하고 용서를 구하기도 했습니다. 다 잊었다 생각했던 무뎌진 감정을 스스로 매만지며 그렇게 글을 다 완성하고 보니 우리 모두가 한 뼘 자라난 것 같다고 느껴집니다. 날 것 그대로의 우리의 마음이 글로 대변하여 독자들에게 가 닿을 거라 믿습니다. 쓰는 내내 소망한 것처럼 우리 글이 부드러운 바람이 되어 여러분 삶의 호수에 아주 잔잔한 물결 정도만 일렁이게 하여도 충분히 행복할 거 같습니다. 그럼에도 조금 더 욕심을 내고 싶기도 합니다. 이 책을 통해 독자 여러분도 날씨와 삶의 연결고리를 발견하고, 자신만의 삶의 지혜를 얻어 가시길 희망하게 됩니다.

오늘은 날이 참 맑습니다. 땀 맺힌 이마에 스며드는 온기를 보니 이제 한여름 무더위가 얼마 남지 않았나 봅니다. 여름의 아름다운 풍경이 마음을 설레게 하는 이 순간, 새삼 오늘 당신의 날씨는 어떠한지 궁금해집니다. 그대들과 너무 멀지 않은 날에 또 뵙고 싶습니다.

이주연 드림